AMOK

Stefan Zweig est né le 28 novembre 1881 à Vienne (Autriche). Sa fortune lui permet d'étudier à sa guise et de parcourir le monde. Pacifiste, il se lie avec Romain Rolland en 1917, puis avec Georges Duhamel et Charles Vildrac.

Il abandonne l'Autriche en 1934 pour s'installer à Londres. Bien que devenu citoyen anglais, il quitte son pays d'adoption « trop insulaire » et se réfugie au Brésil en 1941. Mais ébranlé par l'échec de son idéal de paix et la victoire du fascisme, il se suicide avec sa femme en février 1942.

Romancier et biographe (La Confusion des sentiments, La Pitié dangereuse, Marie-Antoinette, Marie Stuart...), il a été aussi le traducteur de Verlaine, de Rimbaud, de Baudelaire et de Verhaeren.

Un même thème anime les trois nouvelles du volume : la passion – irrésistible, mortelle, semblable à la folie.

Rien n'arrête le fou sanguinaire de Malaisie, l'*Amok*. Il court droit devant lui, abat tous les obstacles sur sa route. Personne ne peut le sauver.

Ce passager hagard, croisé la nuit sur le pont d'un paquebot, trouve un bref apaisement auprès du narrateur. Mais la mort l'attend au bout du voyage.

Histoire aussi d'un amour fou que cette *Lettre d'une inconnue* reçue par un romancier à la mode le jour de son anniversaire. Mais la passion est parfois avilissante, comme dans *La Ruelle au clair de lune*.

Paru dans Le Livre de Poche :

LE JOUEUR D'ÉCHECS.
VINGT-QUATRE HEURES DE LA VIE D'UNE FEMME.
L'AMOUR D'ERIKA EWALD.
LA CONFUSION DES SENTIMENTS.
TROIS POÈTES DE LEUR VIE :
STENDHAL, CASANOVA, TOLSTOÏ.
LA GUÉRISON PAR L'ESPRIT.
TROIS MAÎTRES : BALZAC, DICKENS, DOSTOÏEVSKI.
DESTRUCTION D'UN CŒUR.
LE COMBAT AVEC LE DÉMON.
IVRESSE DE LA MÉTAMORPHOSE.
EMILE VERHAEREN.
CLARISSA.
JOURNAUX (1912-1940).
UN MARIAGE À LYON.
BALZAC, LE ROMAN DE SA VIE.

Dans la série « La Pochothèque » :
ROMANS ET NOUVELLES (2 VOL.).
ESSAIS.

ȘTEFAN ZWEIG

Amok
ou Le Fou de Malaisie

suivi de

Lettre d'une inconnue
La Ruelle au clair de lune

Traduction par Alzir Hella et Olivier Bournac
revue par Brigitte Vergne-Cain et Gérard Rudent

Préface de Romain Rolland

LE LIVRE DE POCHE

Préface à la première édition française

L'effort est remarquable en France, depuis la fin de la guerre, pour connaître l'art étranger. Après le blocus de la pensée nationale et son régime de restrictions, la faim s'est réveillée plus vive, et, les frontières rouvertes, elle a accepté de toutes mains, les aliments. Cette jeune vie vorace, qui renaît, est un heureux symptôme, qui rappelle l'ardente curiosité européenne de la génération française d'il y a un siècle, celle de 1820 à 1880, qui se réunissait autour du *Globe* et désignait Ampère pour saluer Goethe à Weimar. Il faut s'en féliciter, mais il faut se hâter d'en jouir et savoir mettre le moment à profit. Le moment est bref. Il est de règle qu'après s'être dispersé au-dehors l'esprit se concentre de nouveau en sa maison fermée. Tâchons qu'il ait, avant, fait provision des meilleurs fruits de la pensée du monde !

Or c'est là qu'est le danger. L'esprit ne sait pas toujours choisir. La pensée étrangère a un cuisant désir, malgré les critiques qu'elle en fait, des suffrages de la France. Le jugement de Paris est revêtu d'un traditionnel pouvoir de consécration. Aussi, à peine les portes entrebâillées par la paix, se sont rués en France, avec quelques vrais artistes, quantité de commis voyageurs de l'art étranger. Il en est résulté de fâcheuses méprises. Les plus prompts et les plus bruyants ont accaparé les premières places ; et l'on a pu craindre qu'ils ne gardassent toute la table. Certains des artistes les plus probes et les plus recueillis, ayant le dégoût de ces exhibitions de salons et de banquets, sont restés à l'écart et, s'oubliant eux-mêmes, ont été oubliés. Le plus paradoxal était que, tandis que Paris faisait fête à tels écrivains allemands qui avaient participé à tous les égarements de la fureur nationaliste contre la France, les vrais amis de la France, ceux qui avaient été pendant la guerre les fidèles gardiens de l'esprit européen, ont été — à une ou deux exceptions près — systématiquement laissés de côté.

Ainsi, l'un des plus purs artistes d'Allemagne, un poète et un nouvelliste de la lignée des Goethe et des Gottfried Keller, Hermann Hesse, n'a commencé que d'hier à se faire place en France. Trop éternel en la sérénité de sa forme et de sa pensée pour n'être pas dédaigné par les modes du jour ; et trop dédaigneux d'elles pour ne point se passer de leurs suffrages grossiers, dans son ascétique et noble retraite de Montagnola.

Ainsi, également, il a fallu attendre sept ans après la paix pour que paraisse en librairie française, grâce au goût éclairé des directeurs de la maison Stock, la première œuvre du grand écrivain autrichien, qui représente, dans les lettres allemandes, avec le plus d'éclat et une fidélité constante, l'esprit européen, les plus hautes traditions d'art et d'intelligence de la vieille Allemagne, celle dont la basilique est la sainte Weimar.

Préface

★

C'est pour moi un devoir fraternel de présenter au public français Stefan Zweig. À vrai dire, je l'ai déjà fait, dans mon livre de guerre — de paix pendant la guerre — *Les Précurseurs*, à propos de son beau drame, *Jeremias*, symbole de l'éternelle tragédie de l'humanité crucifiant les prophètes qui veulent la sauver : *Vox clamantis in deserto*.

Et il importe que la France n'oublie point tout ce que Stefan Zweig a été pour elle, pour son art : le parfait traducteur et critique, qui répandit en Allemagne les poèmes de Baudelaire, Rimbaud, Samain, Marceline Desbordes-Valmore, l'œuvre entière de Verhaeren, qui lui doit son rayonnement dans toute l'Europe centrale — le compagnon, pendant la guerre, de l'auteur de *Jean-Christophe* et de *Clerambault* — celui en qui s'est incarnée, aux jours les plus sombres de la tourmente européenne, quand tout semblait détruit, la foi inaltérable en la communauté intellectuelle de l'Europe, la grande Amitié de l'Esprit, qui ne connaît pas de frontières.

Mais Stefan Zweig n'est pas de ces écrivains qui n'ont été soulevés au-dessus du niveau que par les flots de la guerre et par l'effort désespéré pour réagir contre elle. Il est l'artiste-né, chez qui l'activité créatrice est indépendante de la guerre et de la paix et de toutes les conditions extérieures, celui qui existe pour créer : le poète, au sens goethéen. Celui pour qui la vie est la substance de l'art ; et l'art est le regard qui plonge au cœur de la vie. Il ne dépend de rien, et rien ne lui est étranger : aucune forme de l'art, aucune forme de la vie.

Poète, et déjà illustre dès l'adolescence, essayiste, critique, dramaturge, romancier, il a touché toutes les cordes, en maître.

9

Le trait le plus frappant de sa personnalité d'artiste est la passion de connaître, la curiosité sans relâche et jamais apaisée, ce démon de voir et de savoir et de vivre toutes les vies, qui a fait de lui un *Fliegender Holländer*, un pèlerin, passionné et toujours en voyage, parcourant tous les champs de la civilisation, observant et notant, écrivant ses œuvres les plus intimes dans des hôtels de passage, dévorant tous les livres et de tous les pays, raflant les autographes, dont il a rassemblé, en sa belle demeure sur la colline abrupte qui domine la ville de Mozart, une collection magnifique, dans sa fièvre de découvrir le secret des grands hommes, des grandes passions, des grandes créations, ce qu'ils taisent au public, ce qu'ils n'ont pas avoué — l'amoureux indiscret et pieux du génie, qui force son mystère, mais afin de mieux l'aimer —, le poète armé de la clef redoutable du Dr Freud, dont il fut l'admirateur et l'ami de la première heure, à qui il a dédié son plus grand livre de critique : *Le Combat avec le Démon* —, le chasseur d'âmes. Mais celles qu'il prend, il les prend vivantes, il ne les tue point. À pas feutrés, il erre à l'orée des bois : et, tout en feuilletant un beau livre, il écoute, il guette, le cœur battant, les bruits d'ailes, les branches froissées, le gibier qui rentre au nid et au terrier ; et sa vie est mêlée à celle de la forêt...

On a dit que la sympathie est la clef de la connaissance. Cela est vrai pour Zweig. Et vrai, aussi, le contraire : que la connaissance est la clef de la sympathie. Il aime par l'intelligence. Il comprend par le cœur. Et les deux mêlés ensemble font que chez lui, comme chez le personnage d'une des nouvelles qu'on va lire, l'ardente curiosité psychologique a tous les caractères de la « passion charnelle ».

Il en est affamé, dirait-on, comme des heures de fusion, où se résout la dualité, qui l'inquiète en lui, du *Blut* et du *Geist*[1], de l'instinct vital et de l'esprit.

On peut avancer, sans trop de risques de se tromper, que cette préoccupation sourde, ce besoin à la fois voluptueux et angoissé est le motif central, la raison essentielle du choix qui préside au groupement de ses livres les plus importants d'essais ou de nouvelles, en particulier de celui que j'introduis ici.

★

Au sujet d'*Amok*, je crois devoir faire une remarque préliminaire. L'excellente traduction de MM. Alzir Hella et Olivier Bournac, qui présente au public français ce volume de nouvelles, n'a point conservé la composition et l'ordre établis par l'auteur dans son livre original. Sur cinq nouvelles appartenant à l'*Amok* allemand, deux seulement ont été maintenues : *Amok* et *Lettre d'une inconnue*. On y a joint une nouvelle : *Les Yeux du Frère éternel*, appartenant à un ordre d'art et de pensée différent[2]. On a cru devoir ainsi, sans doute, répondre au besoin de variété, chez le lecteur français. Mais je le regrette, comme artiste.

La caractéristique principale de Stefan Zweig en art est précisément dans l'importance qu'il attache

1. Voir le sonnet qui précède le livre de nouvelles *Verwirrung der Gefühle*.
2. Le défaut signalé par Romain Rolland dans cette préface à la première édition française d'*Amok* a été partiellement corrigé dans la présente édition. La nouvelle *Les Yeux du Frère éternel* a été supprimée et remplacée par *La Ruelle au clair de lune* qui, dans l'édition allemande, fait partie du même groupe de nouvelles qu'*Amok* et la *Lettre d'une inconnue*. (Note de l'éditeur.)

à la composition non seulement d'une nouvelle ou d'un essai, mais d'un recueil d'essais, d'un groupe de nouvelles. Chaque livre est une harmonie, calculée et réalisée avec un art précis et raffiné. Rien de plus exceptionnel, à notre époque d'incohérence naturelle ou voulue, d'impromptus et d'impressions heurtées. Ce haut et fin sens musical, que ne remarque pas assez l'oreille tumultueuse du temps, est ce qui m'attache le plus à l'œuvre de Zweig. Et je tiens à le mettre en lumière.

Chacun de ses volumes est comme une symphonie, dans une tonalité choisie et en plusieurs morceaux. Son œuvre se divise en séries : chacune est comme un polyptique, dont chaque livre est un volet, qui se relie au panneau central.

En critique, ses deux volumes essentiels sont, jusqu'à présent : *Drei Meister* (Trois Maîtres), 1920, et *Der Kampf mit dem Dämon* (Le Combat avec le Démon), 1925. Ils font partie tous deux d'une *Typologie des Geistes*, d'une classification des familles de l'esprit. Le premier est la psychologie du *Romancier* (Balzac, Dickens, Dostoïevsky), du romancier de race, de « celui qui crée son Cosmos entier, son univers propre avec ses espèces et ses lois propres de gravitation... » — Le second (Hölderlin, Kleist, Nietzsche) est le *Dreiklang*, l'accord wagnérien de trois esprits créateurs en lutte avec l'Inquiétude éternelle. Pour mieux le faire ressortir, Zweig, dans son Introduction, y oppose l'accord parfait classique de Goethe, pour qui le « Combat avec le Démon » a été le problème décisif de toute l'existence et qui l'a résolu par la victoire absolue, implacable, sans rémission. Mais Zweig se garde de nier, au nom de l'un des accords, la légitimité de l'autre et la splendeur de ses harmonies. L'un fait mieux valoir l'autre. Tout est juste, tout est sain, qui est beau. Et la grande symphonie est faite de l'harmonie de tous les accords, savamment distribués.

Le cycle des nouvelles comprend, à ce jour, trois beaux groupes, dont chacun est bâti sur un thème principal ; et chacun est précédé, comme d'un prélude, d'un sonnet mélodieux, qui en dégage l'essence.

Le premier : *Erstes Erlebnis* (Première Epreuve de vie). « Quatre Histoires du pays des enfants » *(Vier Geschichten aus Kinderland)* (1911) — dédié à Ellen Key — à la mélancolie douce et l'attente angoissée de l'aube matinale...

O süsse Angst der ersten Dämmerungen...

Le second : *Amok* (1922), dédié à Frans Masereel, l'artiste, l'ami fraternel, est l'enfer de la passion *(Unterwelt der Leidenschaften)*, au fond duquel se tord, brûlé, mais éclairé par les flammes de l'abîme, l'être essentiel, la vie cachée :

« *Brûle donc ! Seulement si tu brûles, tu connaîtras dans ton gouffre le monde. La vie ne commence qu'au seuil où le mystère est en acte...* »

(Erst wo Geheimnis wirkt, beginnt das Leben...)

Le troisième : *Verwirrung der Gefühle* (La Confusion des sentiments) (1927), va plus profond encore [... *in das dornendichte*]

Gestrüpp des Herzens, Wirrnis des Gefühls...

dans les âmes détruites par le choc, soit momentanément, soit définitivement, et qui livrent leur secret, en succombant. J'avoue mes préférences pour ce livre. Il est, à mon sens, le plus puissant que Zweig ait écrit avec le *Kampf mit dem Dämon*. Le plus tragique. Le plus humain. Non pas son dernier mot. Car je connais les ressources inépuisables de cet esprit, qui toujours renouvelle son trésor d'expériences, ses provisions de vie, — et toujours en éveil, sans repos exerçant son activité créatrice, n'est jamais satisfait, sait jouir, certes, du succès, et non sans épicurisme, mais sans illusions, n'en est jamais la proie, se juge avec rigueur, voit plus loin, voit plus haut... Remettons-nous-en à lui, de son incessante montée et des plus grandes œuvres que nous ménage son avenir; mais admirons le présent! De l'œuvre déjà réalisée, je mets hors de pair, dans le troisième livre de nouvelles, les *Vingt-Quatre Heures de la vie d'une femme*, et la *Destruction d'un cœur*. Elles comptent parmi les plus lucides tragédies de la vie moderne, de l'éternelle humanité. La nouvelle *Amok* y appartient aussi, avec son odeur de fièvre, de sang, de passion et de délire malais.

Je ne veux pas analyser les nouvelles qu'on va lire. Je n'aime pas à me substituer au public. Quand j'étais jeune, j'enrageais contre le conférencier, à la Sarcey, dont le ventre et la faconde encombraient, selon la mode du jour, l'entrée des plus belles pièces classiques. Je lui criais, dans mon cœur : « Ote-toi de mon soleil !... » Il faut être philistin, pour trouver un plaisir dans tous ces commentaires autour des œuvres d'art. L'œuvre est là. Humez-la ! lampez-la ! Que le public en reçoive, toute pure, l'impression directe ! C'est un crime contre l'art, de la fausser, d'avance...

Donc, je m'en tiens ici à faire connaître non l'œuvre, mais l'atmosphère de l'esprit qui l'a créée, à en faire entrevoir la généreuse ardeur, la passion nomade qui parcourt l'âme humaine, de la base à la cime, dans ses forêts, dans ses replis, dans ses cavernes et sur ses hauts plateaux, qui veut la pénétrer toute. Et qui l'aime, dans toutes ses manifestations. Rien n'est exclu de son avide sympathie. Mais elle va de préférence au *plus* de vie, au flot de feu créateur.

Dans la préface révélatrice au *Combat avec le Démon*, que le public français lira prochainement, Zweig, célébrant ceux que le Démon d'inquiétude déchira et ensemença, les génies labourés par le soc de la folie et qui se couvrent de moissons, montre la fausseté de la conception qui les a réduits à des cas pathologiques — « Pathologique n'a de sens, dit-il, que pour l'improductif. » Partout où l'anormal est un principe de force, une source de création, il n'est pas normal, il est *supranormal*, comme les cyclones et les typhons, qui sont la frénésie de la Nature, son paroxysme, et peut-être sa suprême expression, les Révolutions qui fraient à coups de hache, sur les grands abattis, la route dans la forêt, les sanglantes étapes, où s'acheminent, de l'une à l'autre, les Epoques de la Nature.

Par-delà les troubles humains, par-delà l'homme, je sens, chez Stefan Zweig, l'Esprit de la Nature et ses Révolutions, l'éternelle force destructice, créatrice, «cette valeur, comme il dit, au-dessus de toutes les valeurs, ce sens au-dessus de tous nos sens... :

... *Wert über allen Werten, Sinn über unsern Sinnen...*

Je serais bien surpris si la suite de sa marche, le développement de son art ne le montraient épou-

Ouvre-toi, monde souterrain des passions[1]!
Et vous, ombres rêvées, et pourtant ressenties,
Venez coller vos lèvres brûlantes aux miennes,
Boire à mon sang le sang, et le souffle à ma
[bouche!

Montez de vos ténèbres crépusculaires,
Et n'ayez nulle honte de l'ombre que dessine
[autour de vous la peine!
L'amoureux de l'amour veut vivre aussi ses maux,
Ce qui fait votre trouble m'attache aussi à vous.

Seule la passion qui trouve son abîme
Sait embraser ton être jusqu'au fond;
Seul qui se perd entier est donné à lui-même.

Alors, prends feu! Seulement si tu t'enflammes,
Tu connaîtras le monde au plus profond de toi!
Car au lieu seul où agit le secret, commence aussi
[la vie.

---

1. Ce sonnet précédait le recueil *Amok*, sous-titré *Nouvelles d'une passion*, publié en 1922. Il était dédié « À Franz Masereel, l'artiste et l'ami fraternel ».

AMOK OU LE FOU
DE MALAISIE[1]

---

1. *Amok ou le Fou de Malaisie* : ce titre est une transposition explicative et exotique, à l'intention des lecteurs français. Le titre original, *Der Amokläufer*, désigne littéralement « le coureur en amok », c'est-à-dire dans cet état de transe furieuse qui sera décrit dans le récit, p. 64.

se décide, lors d'une seconde rencontre, à lui confier le secret qui le torture. Alors commence le récit proprement dit. Il durera de minuit et demi à trois heures et demie du matin, et sera régulièrement ponctué par la cloche du navire ou par le glouglou de la bouteille de whisky, donc par des retours au temps du « récit-cadre » (mais sans que le narrateur abandonne une neutralité bienveillante et attentive étrangement proche de celle d'un psychanalyste).

Le récit, où les hésitations, la tension et la fébrilité du personnage sont rendues avec un grand sens dramatique, est dominé par le phénomène de l'amok, accès de rage meurtrière qui saisit certains Malais et les contraint à courir droit devant eux en tuant tout ce qu'ils rencontrent sur leur chemin. Ce phénomène est présenté avec subtilité comme une des formes de la « passion », cette force psychique qui pousse l'individu à se mettre dans des situations pénibles et parfois périlleuses. La finesse de l'analyse psychologique s'explique par deux facteurs. C'est le malade lui-même qui décrit sa monomanie, et ce, avec toute la précision requise. Il met notamment en évidence la dimension pathologique du rapport qu'il a tenté d'établir avec la femme qu'il a rencontrée. Signalons, à ce propos, que ses tendances sado-masochistes l'apparentent au personnage masculin de La Ruelle au clair de lune, comme le font, dans une moindre mesure, ses fréquentes dénégations et protestations de bonne foi (voir aussi p. 163 l'autre notice). Ensuite, on peut déceler, au long de son discours, des thèmes qui se répètent de façon obsessionnelle (le désir de voir, tout autant que le désir d'être vu, la crainte ou l'envie d'être haï, traité comme un criminel, comme un chien). Soulignons, d'une manière plus générale, que

Zweig, ami et futur commentateur de Freud, a voulu montrer la nature double, ambivalente, d'un personnage dominé par une « passion » qui, toutes proportions gardées, s'inscrit dans la lignée du Doctor Jekyll de R.L. Stevenson.

Cette nouvelle connut un grand succès en Allemagne comme en France. Elle a donné lieu à deux adaptations cinématographiques, l'une soviétique en 1927 (réalisation : Constantin Mardjanov), l'autre française en 1934 (réalisation : Fédor Ozep).

★

Publiée d'abord séparément dans le grand quotidien viennois Neue Freie Presse *(4 juin 1922) sous le titre* Der Amokläufer *(littéralement : Le Coureur amok), cette nouvelle fut reprise la même année, en tête d'un recueil auquel elle donna son nom* (Amok), *avec pour sous-titre* Novellen einer Leidenschaft (Nouvelles d'une passion), *les quatre autres récits étant, dans l'ordre :* Die Frau und die Landschaft (La Femme et le Paysage), Phantastische Nacht (La Nuit fantastique), Brief einer Unbekannten (Lettre d'une inconnue) *et* Die Mondscheingasse (La Ruelle au clair de lune). *Cette démarche, qui reposait sur la notion de cycle et que Zweig devait notamment à ses recherches sur Balzac — il lui avait consacré un essai en 1920 —, fut poursuivie en 1926 : le recueil* Amok *devenant le deuxième tome d'un ensemble plus vaste intitulé* Die Kette. Ein Novellenkreis (La Chaîne, Un cycle de nouvelles), *le premier étant constitué par* Erstes Erlebnis. Vier Geschichten aus Kinderland *et le troisième par* Verwirrung der Gefühle. Drei Novellen *(Insel Verlag).*

La publication en français connut un destin un

peu différent. *Traduit par Alzir Hella et Olivier Bournac sous le titre* Amok ou le Fou de Malaisie *(Stock, 1927, réédition en 1979), le récit fut regroupé avec la* Lettre d'une inconnue, *mais aussi avec* Les Yeux du frère éternel, *nouvelle qui, comme l'écrit Romain Rolland dans sa préface à la première édition française (novembre 1926), appartient à «un ordre d'art et de pensée différent». Erreur partiellement rectifiée en 1930, la «pièce rapportée» étant alors remplacée par* La Ruelle au clair de lune, *qui, dans l'édition allemande originale, faisait partie du même groupe de nouvelles qu'*Amok. *Réédition en 1979.*

Au mois de mars 1912, il se produisit dans le port de˙ Naples, lors du déchargement d'un grand transatlantique, un étrange accident sur lequel les journaux donnèrent des informations abondantes, mais parées de beaucoup de fantaisie. Bien que passager de l'*Océania*, il ne me fut pas plus possible qu'aux autres d'être témoin de ce singulier événement, parce qu'il eut lieu la nuit, pendant qu'on faisait du charbon et qu'on débarquait la cargaison et que, pour échapper au bruit, nous étions tous allés à terre passer le temps dans les cafés ou les théâtres. Cependant, à mon avis, certaines hypothèses qu'en ce temps-là je ne livrai pas à la publicité contiennent l'explication vraie de cette scène émouvante ; et maintenant l'éloignement des années m'autorise sans doute à tirer parti d'un entretien confidentiel qui précéda immédiatement ce curieux épisode.

Lorsque, à l'agence maritime de Calcutta[1], je

1. *Calcutta* : Zweig partit en novembre 1909 pour l'Inde et visita aussi, au cours de ce voyage de plusieurs mois, Ceylan, Madras, Agra, Gwalior, Calcutta, Bénarès, Rangoon et l'Indochine.

voulus retenir une place sur l'*Océania* pour rentrer en Europe, l'employé haussa les épaules en signe de regret : il ne savait pas s'il lui serait possible de m'assurer une cabine, car à la veille de la saison des pluies, le navire était d'ordinaire archi-complet dès son départ d'Australie ; et le commis devait attendre, pour me répondre, une dépêche de Singapour.

Le lendemain, il me donna l'agréable nouvelle qu'il pouvait me réserver une place ; à la vérité, ce n'était qu'une cabine peu confortable, située sous le pont et au milieu du navire. Comme j'étais impatient de rentrer dans mon pays, je n'hésitai pas longtemps, et je retins la cabine.

L'employé ne m'avait pas trompé. Le navire était surchargé et la cabine mauvaise : c'était un étroit quadrilatère, resserré près de la machine et uniquement éclairé par la lumière trouble d'un hublot rond. L'air épais et stagnant sentait l'huile et le moisi : on ne pouvait échapper un instant au bourdonnement du ventilateur électrique qui, comme une chauve-souris d'acier devenue folle, tournait au-dessus de votre front. En bas, la machine ahanait et geignait, comme un porteur de charbon qui remonte sans cesse, tout haletant, le même escalier ; et, d'en haut, on entendait conti-nuellement glisser sur le pont le va-et-vient des promeneurs. Aussi à peine avais-je introduit ma malle dans cette sorte de tombeau, cloisonné de traverses grises, aux émanations fétides, que je courus me réfugier sur le pont ; et, sortant de la profondeur, j'aspirai comme de l'ambre le vent de terre doux et tiède qui soufflait au-dessus des flots.

Mais le pont, lui aussi, n'était que gêne et tapage : c'était un papillonnement, une mêlée de promeneurs qui, dans l'agitation nerveuse d'hommes enfermés, condamnés à l'inaction, montaient, descendaient et papotaient sans répit. Le badinage gazouillant des femmes, la circulation incessante sur l'étroit couloir du pont où l'essaim des passants déferlait au pied des chaises dans la rumeur des conversations pour n'aboutir qu'à retomber sur lui-même, tout cela me causait je ne sais quel malaise.

Je venais de parcourir un monde nouveau, et j'avais gardé dans l'esprit une foule d'images qui, l'une l'autre, se pressaient d'une hâte furieuse. À présent, je voulais y réfléchir, clarifier, ordonner et donner une forme au tumultueux univers qui s'était précipité dans mes yeux ; mais ici, sur ce boulevard envahi par une multitude, il n'y avait pas une minute de repos et de tranquillité. Si je prenais un livre, les lignes du texte se brouillaient sous les ombres mouvantes de la foule qui passait en bavardant. Impossible de se recueillir un peu dans cette rue sans ombre qui marchait avec le navire.

Durant trois jours, je m'y efforçais et je considérais avec résignation les hommes et la mer. Mais la mer restait pareille à elle-même, bleue et vide, sauf au coucher du soleil, qui l'inondait soudain de toutes les couleurs ; quant aux hommes, je les connus tous, parfaitement, au bout de trois fois vingt-quatre heures. Chaque visage me devint familier jusqu'à satiété ; le rire aigu des femmes ne m'intéressait plus ; la dispute tapageuse de deux officiers hollandais qui étaient mes voisins ne m'irritait plus. Il ne me restait qu'à me réfugier ailleurs ; mais ma cabine était brûlante et chargée de vapeur ; et dans le salon, de jeunes Anglaises produisaient sans relâche leur méchant pianotage, accompagnateur de valses sans harmonie. Finalement, j'intervertis résolument l'ordre des temps, et je descendis dans la cabine dès l'après-midi, après m'être étourdi avec quelques verres de bière, afin de pouvoir dormir pendant que les autres dînaient et dansaient.

Lorsque je me réveillai, tout était sombre et moite dans le petit cercueil qu'était ma cabine. Comme j'avais arrêté le ventilateur, l'air gras et humide brûlait mes tempes. Mes sens étaient comme assoupis : il me fallut plusieurs minutes pour reconnaître le moment et l'endroit où j'étais. Il était, à coup sûr, plus de minuit déjà, car je n'entendais ni la musique, ni le glissement continuel des pas. Seule la machine, cœur essoufflé du Léviathan, poussait toujours, en haletant, la carcasse crépitante du navire vers l'invisible.

Je montai sur le pont en tâtonnant. Il était désert. Et, comme je levais mon regard vers la tour fumante de la cheminée et vers les mâts dressés tels des fantômes, une clarté magique m'emplit brusquement les yeux. Le firmament brillait. Autour des étoiles qui le piquaient de scintillations blanches, il y avait de l'obscurité, mais malgré tout, le ciel étincelait. On eût dit qu'un rideau de velours était placé là, devant une formidable lumière, comme si les étoiles n'étaient que des fissures et des lucarnes à travers lesquelles passait la lueur de cette indescriptible clarté. Jamais je n'avais vu le ciel comme cette nuit-là, d'un bleu d'acier si métallique et pourtant tout éclatant, tout rayonnant, tout bruissant et tout débordant de lumière, d'une lumière qui tombait, comme voilée, de la lune et des étoiles, et qui semblait brûler, en quelque sorte, à un foyer mystérieux. Comme une laque blanche, toutes les lignes du navire brillaient crûment au clair de lune, sur le velours sombre de la mer ; les cordages, les vergues, tous les apparaux, tous les contours disparaissaient dans cette splendeur flottante : les lumières des mâts et, plus haut encore, l'œil rond de la vigie semblaient suspendus dans le vide, comme de pâles étoiles terrestres parmi les radieuses étoiles du ciel.

Précisément, au-dessus de ma tête, la constellation magique de la Croix du Sud était fixée dans l'infini, avec d'éblouissants clous de diamant, et il semblait qu'elle se déplaçât, alors que c'était le navire seul qui créait le mouvement, lui qui, se balançant doucement, la poitrine haletante, montant et descendant comme un gigantesque nageur, se frayait son chemin au gré des sombres vagues. J'étais debout et je regardais en l'air : j'avais l'impression d'être dans un bain, où de l'eau chaude tombe d'en haut sur vous, avec cette différence qu'ici c'était de la lumière qui coulait, blanche et tiède, sur mes mains, qui m'enveloppait doucement les épaules et la tête et qui, en quelque sorte, paraissait vouloir pénétrer dans mon être, car toute torpeur s'était brusquement éloignée de moi. Je respirais, délivré, en toute sérénité ; et avec une volupté neuve, je savourais sur mes lèvres, comme un pur breuvage, l'air moelleux, clarifié et légèrement enivrant qui portait en lui l'haleine des fruits et le parfum des îles lointaines. Maintenant, pour la première fois depuis que j'étais à bord, le pur désir de la rêverie s'empara de moi, ainsi que cet autre désir, plus sensuel, qui me faisait aspirer à livrer, comme une femme, mon corps à cette mollesse qui me pressait de toutes parts. Je voulus m'étendre, le regard tourné vers les blancs hiéroglyphes là-haut, mais les fauteuils de repos, les chaises de pont étaient enlevés, et nulle part, sur le pont-promenade désert, il n'y avait de place pour s'adonner à une calme rêverie.

C'est ainsi qu'en tâtonnant je m'approchai peu à

peu de la proue du navire, complètement aveuglé par la lumière qui semblait tomber des choses, avec une vivacité toujours plus grande pour pénétrer en moi. Cette lumière des étoiles, d'une blancheur glacée et d'un éclat éblouissant, me faisait déjà presque mal ; mais je voulais m'enfouir quelque part dans l'ombre, m'étendre sur une natte, ne plus sentir en moi, mais simplement au-dessus de moi, ce rayonnement réfléchi par les choses, tout comme l'on regarde un paysage de l'intérieur d'une chambre plongée dans l'obscurité. Enfin, trébuchant aux cordages et passant contre les étais de fer, j'atteignis le bordage et regardai la proue du navire s'avancer dans l'ombre, et la clarté liquide de la lune jaillir, en écumant, des deux côtés de l'éperon. Toujours cette charrue marine se relevait et s'enfonçait de nouveau dans cette glèbe de flots noirs ; et dans ce jeu étincelant, je sentais toute la douleur de l'élément vaincu, je sentais toute la joie de la force terrestre. Au sein de cette contemplation, j'avais oublié le temps : y avait-il une heure que j'étais ainsi contre le bastingage, ou y avait-il seulement quelques minutes ? Au gré de l'oscillation, le gigantesque berceau du navire me balançait et m'emportait au-delà du temps. Et je sentais seulement venir en moi une lassitude, qui était comme une volupté. Je voulais dormir, rêver, et cependant ne pas m'éloigner de cette magie, ne pas redescendre dans mon cercueil. Involontairement, mon pied tâta sous moi un paquet de cordages. Je m'y assis, les yeux fermés, mais non remplis d'ombre, car sur eux et sur moi rayonnait l'éclat argenté. Au-dessous, je sentais l'eau bruire doucement, et au-dessus de moi, avec une résonance imperceptible, le blanc écoulement de ce monde. Petit à petit, ce murmure s'insinua dans mes veines, et je perdis la conscience de moi-même ; je ne savais plus si cette haleine était la mienne ou si c'était les battements du cœur lointain du navire ; j'étais emporté et anéanti dans le murmure continuel de la minuit.

Une légère toux sèche, tout près de moi, me fit sursauter. Je sortis, effrayé, de la rêverie qui m'avait presque enivré. Mes yeux, aveuglés par la clarté blanche qui tombait sur mes paupières depuis longtemps fermées, clignotèrent pour tâcher d'y voir : tout en face de moi, dans l'ombre du bastingage, brillait comme le reflet d'une paire de lunettes, et voici que jaillit une épaisse et ronde étincelle, qui venait du brasillement d'une pipe. Lorsque je m'étais assis, regardant uniquement l'éperon écumeux du navire au-dessous de moi, et vers le haut la Croix du Sud, je ne m'étais pas aperçu de la présence de ce voisin, qui avait dû passer ici tout ce temps dans l'immobilité. Involontairement, et l'esprit encore engourdi, je dis, en allemand : « Pardon. » — « Il n'y a pas de quoi », répondit une voix sortie des ténèbres.

Je ne saurais dire combien étrange et sinistre à la fois était ce voisinage muet, dans l'obscurité, tout près de quelqu'un que l'on ne voyait pas. Malgré moi, j'avais l'impression que cet homme me regardait fixement, de même que j'avais les yeux fixés sur lui ; mais la lumière qui était au-dessus de nous, ce flot de lumière à l'étincelante blancheur, était si forte qu'aucun de nous ne pouvait apercevoir autre chose qu'une silhouette dans l'ombre. Il me semblait seulement entendre sa respiration, et l'aspiration sifflante des bouffées de sa pipe.

Le silence était insupportable ; j'aurais bien voulu m'en aller, mais cela me paraissait trop brusque, trop soudain. Dans mon embarras, je pris une cigarette. L'allumette craqua, et, pendant une seconde, une lueur palpita dans l'étroit espace. J'aperçus alors, derrière des verres de lunettes, une figure inconnue que je n'avais jamais vue à bord ni pendant mes repas, ni au cours de la promenade ; et, soit que la flamme soudaine me fît mal aux yeux, soit que ce fût une hallucination, elle me parut affreusement bouleversée, lugubre et semblable à celle d'un gnome. Mais avant que j'eusse discerné les détails, l'obscurité engloutit de nouveau les traits éclairés un court instant, et je ne vis plus qu'une sombre silhouette affaissée dans l'ombre et parfois aussi, se détachant dans le vide, le rouge anneau de feu de la pipe. Nous restions sans parler, et ce silence était lourd et accablant comme l'air des tropiques.

Enfin je ne pus y tenir davantage ; je me levai et je dis poliment : « Bonne nuit. » — « Bonne nuit », répondit du sein de l'obscurité une voix enrouée, dure et comme rouillée.

Je marchai péniblement, en trébuchant à travers les agrès et les madriers. Voici que, derrière moi, un pas retentit, rapide et incertain. C'était mon voisin. Involontairement, je m'arrêtai. Il ne s'approcha pas tout à fait de moi, et dans l'obscurité, je sentais en sa marche comme une angoisse et un accablement.

« Excusez-moi, dit-il d'une voix précipitée, si je vous adresse une prière. Je... je... » — il balbutia et fut obligé de s'interrompre, tant il était embarrassé — « je... j'ai des raisons... personnelles... tout à fait personnelles de me retirer ici... Un deuil... J'évite la société, à bord... Je ne parle pas pour vous... non, non... Je voudrais seulement vous prier... Vous m'obligeriez beaucoup si vous ne disiez à personne, sur le navire, que vous m'avez vu ici... Ce sont... disons... des raisons personnelles qui m'empêchent maintenant de fréquenter les gens... Oui... maintenant... maintenant... il me serait désagréable que vous disiez qu'une personne, ici, la nuit... que je... » La parole lui manqua de nouveau. Je mis fin à son embarras en m'empressant de lui assurer que j'accomplirais son désir. Nous échangeâmes une poignée de main. Puis je rentrai dans ma cabine, et je dormis d'un sommeil lourd, étrangement agité et rempli de visions confuses.

Je tins ma promesse et ne parlai à personne sur le bateau de ma singulière rencontre, bien que la tentation en fût grande, car au cours d'une traversée, la moindre chose devient un événement : une voile à l'horizon, un dauphin qui saute, un flirt nouvellement découvert, une frivole plaisanterie. En même temps, la curiosité me tourmentait d'être mieux renseigné sur cet homme peu banal : je fouillai la liste des passagers pour y découvrir un nom qui pût être le sien ; je passai les gens en revue, comme s'ils pouvaient être en relations avec lui. Tout le jour, je fus en proie à une impatiente nervosité, et j'avais hâte que le soir fût là pour voir si je le rencontrerais de nouveau. Les énigmes psychologiques ont sur moi une sorte de pouvoir inquiétant ; je brûle dans tout mon être de découvrir le rapport des choses, et des individus singuliers peuvent par leur seule présence déchaîner en moi une passion de savoir qui n'est guère moins vive que le désir passionné de posséder une femme. La journée me parut longue, vide, et elle s'émietta entre mes doigts. Je me couchai de bonne heure : je savais que je m'éveillerais à minuit, que cela m'arracherait au sommeil.

Et en effet, je m'éveillai à la même heure que la veille. Sur le cadran phosphorescent de ma montre[1], les deux aiguilles se recouvraient, ne formant qu'un seul trait lumineux. Je sortis à la hâte de mon étouffante cabine pour rencontrer une nuit plus étouffante encore.

Les étoiles brillaient comme la veille, et elles répandaient une lumière diffuse sur le navire vibrant; très haut, dans le ciel, flambait la Croix du Sud. Tout était comme la veille, car aux tropiques, les jours et les nuits se ressemblent comme de véritables jumeaux, beaucoup plus que sous nos latitudes; mais le bercement fluide, langoureux et rêveur de la veille n'était plus en moi. Quelque chose m'attirait, me troublait, et je savais vers où j'étais attiré: vers les étais noirs du bordage, afin de savoir si cet homme mystérieux y était encore, immobile, assis. En haut, retentit la cloche du navire; alors je me laissai entraîner. Pas à pas, partagé entre l'aversion et le désir, je ne résistai plus. Je n'étais pas encore arrivé à l'étrave que, soudain, j'y vis fulgurer quelque chose comme un œil rouge: la pipe.... Donc il était assis là!

Malgré moi, j'eus un mouvement d'effroi, et je m'arrêtai. Un instant de plus, et j'allais partir. Voici que là-bas, dans l'ombre, quelque chose s'agita, se leva, fit deux pas, et soudain j'entendis juste devant moi sa voix, à la fois polie et oppressée.

«Excusez-moi, dit-il, vous voulez, il me semble, revenir à votre place, et j'ai l'impression que, lorsque vous m'avez aperçu, vous avez eu un mouvement de fuite. Je vous en prie, asseyez-vous tranquillement, car je m'en vais.»

---

1. *Le cadran phosphorescent de ma montre*: le texte original précise que le métal blanc utilisé dans les cadrans est du radium.

Je le priai vivement de rester : je n'étais demeuré en arrière que pour ne pas le gêner. « Vous ne me gênez pas, dit-il avec une certaine amertume. Au contraire, je suis heureux, pour une fois, de n'être pas seul. Je n'ai pas prononcé une parole depuis dix jours. À vrai dire, depuis des années... et c'est une chose si douloureuse de garder tout en soi, précisément peut-être parce que cela étouffe... Je ne puis plus rester dans la cabine, dans ce... ce cercueil... Je ne puis plus, et je ne puis pas supporter les hommes, parce qu'ils rient toute la journée... Cela, je ne peux plus maintenant le supporter... Je les entends jusque dans ma cabine et je me bouche les oreilles... Il est vrai qu'ils ne savent pas que... non, ils ne le savent pas... Et puis, qu'est-ce que cela fait aux étrangers... »

Il s'arrêta de nouveau, et il ajouta tout à coup, hâtivement : « Mais je ne veux pas vous importuner... excusez mon bavardage. »

Il s'inclina et fit le geste de s'en aller. Mais je lui répliquai avec insistance : « Vous ne m'importunez pas du tout. Moi aussi, je suis heureux d'échanger en paix, ici, quelques paroles... Voulez-vous une cigarette ? »

Il en prit une. Je lui donnai du feu. De nouveau, son visage se détacha, vacillant, sur le bordage noir, mais maintenant il était entièrement tourné vers moi : derrière ses lunettes, ses yeux examinaient avidement mon visage, comme animés par la violence d'un délire. Un frisson me parcourut. Je compris que cet homme voulait parler, qu'il fallait qu'il parlât. Et je savais que je devais me taire pour l'aider.

Nous nous assîmes. Il avait là une seconde chaise de pont, qu'il m'offrit. Nos cigarettes étincelaient ; à la façon dont le point lumineux de la sienne dansait nerveusement dans l'ombre, je vis que sa main tremblait. Mais je me tus, et il se tut. Puis, soudain, il demanda à voix basse : « Êtes-vous très fatigué ?

— Non, pas du tout. »

La voix qui venait de l'obscurité hésita de nouveau. « Je voudrais vous demander quelque chose... C'est-à-dire je voudrais vous raconter quelque chose. Je sais, je sais combien il est absurde, de ma part, de m'adresser ainsi à la première personne qui me rencontre, mais... je suis... je suis dans un état psychique terrible... J'en suis à un point où il faut absolument que je parle à quelqu'un, sinon je suis perdu... Vous me comprendrez, lorsque... oui, lorsque je vous aurai raconté... Je sais que vous ne pourrez pas m'aider... mais ce silence me rend comme malade... et un malade est toujours ridicule pour les autres... »

Je l'interrompis et le priai de ne pas se tourmenter. S'il voulait bien me raconter... Je ne pouvais naturellement rien lui promettre, mais c'était un devoir, du moins, de montrer quelque bonne volonté. Quand on trouve quelqu'un dans la détresse, on est naturellement tenu de lui rendre service...

« Le devoir... de montrer quelque bonne volonté... le devoir d'essayer... Vous pensez donc, vous aussi, qu'on a quelque devoir... qu'on a le devoir d'offrir sa bonne volonté... »

Trois fois il redit la phrase. Cette façon sourde et obtuse de répéter les choses me fit frissonner. Cet homme était-il fou ? Était-il ivre ?

Mais, comme si cette supposition avait passé mes lèvres, il dit soudain, d'une voix toute différente :

« Vous me croirez peut-être ivre ou fou. Non, je ne

le suis pas... pas encore. Seulement, le mot que vous avez prononcé m'a ému bien étrangement... Bien étrangement, parce que c'est cela qui me tourmente maintenant : est-ce qu'on a le devoir... le devoir... »

Il balbutiait encore. Puis il s'arrêta net ; ensuite il reprit avec un nouvel élan :

« Voyez, je suis médecin. Et, pour un médecin, il y a souvent de ces cas, tellement terribles !... Oui, disons des cas extrêmes, où l'on ne sait pas si l'on a le devoir... En effet, il n'existe pas qu'un devoir unique, celui qu'on a envers autrui, mais il y a aussi un devoir envers soi-même, un devoir envers l'État et un autre envers la Science... Il faut être secourable, certes ; c'est pour cela qu'on est là... Mais ce genre de maximes, ce n'est jamais que de la théorie... Dans quelle mesure, en effet, doit-on se montrer secourable ?... Vous êtes un étranger, et je vous suis étranger, et je vous demande de ne pas dire que vous m'avez vu... Bon ! vous vous taisez : vous remplissez ce devoir... Je vous prie de causer avec moi, parce que je crève de mon silence... Vous êtes prêt à m'entendre... Bien... mais c'est là une chose facile... Or, si je vous demandais de m'empoigner et de me jeter par-dessus bord... Ici, certainement, s'arrête la complaisance, l'obligeance. Il y a, à coup sûr, une limite quelque part... là où votre propre existence, votre responsabilité entrent en jeu... Il faut que cette limite soit... Le devoir est, à coup sûr, limité... Ou bien, peut-être, ce devoir pour un médecin ne s'arrêterait-il à rien ? Faut-il qu'il soit le sauveur, la providence universelle, uniquement parce qu'il possède un diplôme avec des mots latins ? Faut-il que, vraiment, il sacrifie sa vie et se tourne les sangs quand une femme... quand un homme vient lui demander d'être noble, secourable et bon[1] ? Oui, le devoir, le devoir s'arrête quelque part... là où l'on n'a plus le pouvoir de l'accomplir, précisément là... »

Il s'interrompit encore et se leva brusquement.

« Excusez-moi... voilà que je m'emporte... mais je ne suis pas ivre... pas encore ivre... C'est là une chose qui m'arrive souvent maintenant, je vous l'avoue sans ambages, dans cette diabolique solitude... Pensez que, depuis sept ans, je vis presque exclusivement parmi les indigènes et les animaux... Alors on désapprend de parler posément. Et, quand on commence à s'épancher, ça déborde tout de suite. Mais attendez... oui, je sais maintenant... je voulais vous demander, je voulais vous exposer un cas dans lequel il s'agit de savoir si l'on a le devoir de rendre service... de rendre service avec une candeur véritablement angélique, si l'on... Du reste, je crains que cela ne dure longtemps. C'est bien vrai, vous n'êtes pas fatigué ?

— Non, pas du tout.

— Je... je vous remercie... En prenez-vous ? »

Il avait tâtonné dans l'obscurité derrière lui. J'entendis un bruit de verres, un choc de deux, trois bouteilles, plusieurs en tout cas qu'il avait placées près de lui. Il m'offrit un verre de whisky, que j'effleurai rapidement des lèvres, tandis que lui avalait le sien d'un seul trait. Pendant un instant, le silence régna entre nous. Alors la cloche sonna : minuit et demi.

« Donc... je voudrais vous raconter un cas. Supposez un médecin dans une... petite ville... ou

---

1. *Noble, secourable et bon* : effet de quasi-citation dans le texte allemand. *Edel sei der Mensch, hilfreich und gut* est en effet le premier vers d'un célèbre poème de Goethe intitulé *Das Göttliche (Le Divin)*.

plutôt à la campagne... un médecin qui... un médecin qui...»

Il s'arrêta de nouveau. Puis il rapprocha brusquement son siège de moi.

«Non, ce n'est pas cela. Il faut que je vous raconte tout, directement, depuis le commencement; sinon vous ne comprendriez pas... Une chose pareille, cela ne peut pas être présenté comme un exemple, comme une théorie... il faut que je vous raconte mon propre cas. Il n'y a là aucune honte, aucune dissimulation... Devant moi aussi, les gens se mettent à nu et me montrent leur vermine, leur urine et leurs excréments... Quand on demande assistance, il ne faut pas tergiverser, il faut tout dire... Ce n'est pas le cas d'un médecin imaginaire que je vais vous raconter. Je me mets tout nu, et je dis : *moi*... J'ai désappris de rougir dans cette infernale solitude, dans ce pays maudit qui vous ronge l'âme et vous suce la moelle des reins.»

J'avais sans doute fait un mouvement, car il s'interrompit.

«Ah! vous protestez... je comprends, vous êtes enthousiasmé par les Indes, les temples et les palmiers, tout le romantisme d'un voyage de deux mois. Oui, ils sont enchanteurs, les tropiques, quand on les voit du chemin de fer, de l'auto ou de la rikscha[1]; et, moi, je n'ai pas eu une impression différente lorsque, pour la première fois, j'y vins, il y a sept ans. Quels rêves alors n'ai-je pas faits! Je voulais apprendre les langues et lire les livres sacrés dans le texte original, étudier les maladies, faire de la recherche; je voulais sonder l'âme des

---

1. *la rikscha* : terme d'origine japonaise *(jin ri kischa)*. Il s'agit d'un véhicule à deux roues tiré par un homme, à pied ou à bicyclette; on dit aussi en français «pousse-pousse».

indigènes — oui, c'est ainsi qu'on dit dans le
jargon européen —, bref, devenir un missionnaire
de l'humanité et de la civilisation. Tous ceux qui
viennent de ce côté font le même rêve. Mais dans
cette serre étouffante, là-bas, qui échappe à la vue
du voyageur, la force vous manque vite ; la fièvre
— on a beau avaler autant de quinine que l'on
peut, on l'attrape quand même —, elle vous dévore
le corps ; on devient indolent et paresseux, on
devient une poule mouillée, un véritable mollus-
que. Un Européen est, en quelque sorte, arraché à
son être quand, venant des grandes villes, il arrive
dans une de ces maudites stations perdues dans
les marais ; tôt ou tard, chacun reçoit le coup fatal :
les uns boivent, les autres fument l'opium, d'autres
ne pensent qu'à donner des coups et deviennent
des brutes ; de toute façon, chacun contracte sa
folie. On a la nostalgie de l'Europe, on rêve de
marcher de nouveau, un jour, dans une rue, de
s'asseoir dans une chambre bien claire, avec des
murs de pierre, parmi des hommes blancs. Pendant des années, on en rêve, et puis lorsque vient
le temps où l'on a droit à un congé, on est déjà
trop fainéant pour partir. On sait que là-bas
on est oublié, inconnu et comme une moule dans
l'océan, une moule que chacun foule aux pieds !
C'est ainsi que l'on reste et que l'on s'abrutit
et se déprave dans ces forêts chaudes et humides.
Maudit le jour où je me suis vendu à ce sale
trou...

« Du reste, ce ne fut pas non plus tout à fait
volontaire. J'avais fait mes études en Allemagne,
j'étais devenu docteur en médecine, bon médecin
même, occupant un poste dans la clinique de
Leipzig et, à l'époque, dans je ne sais plus quel

numéro des *Medizinische Blätter*[1], l'on avait fait grand bruit autour d'une nouvelle injection que j'avais été le premier à pratiquer. Alors, arriva une histoire de femme : une personne que j'avais connue à l'hôpital rendit son amant tellement fou qu'il tira sur elle un coup de revolver ; et bientôt je fus aussi fou que lui. Elle se montrait orgueilleuse et froide d'une façon qui me rendait furieux ; toujours j'avais été le jouet des femmes impérieuses et insolentes, mais celle-ci me plia si bas que mes os en craquaient. Je faisais ce qu'elle voulait. Je...

« Eh bien ! pourquoi ne l'avouerais-je pas, maintenant qu'il y a huit ans de cela ? Pour elle, je pris de l'argent dans la caisse de l'hôpital, et lorsque la chose fut découverte, le diable se déchaîna. Un oncle couvrit bien le déficit, mais ma carrière était brisée. J'appris alors que le gouvernement hollandais recrutait des médecins pour les colonies et qu'il donnait des avances. Je pensai tout de suite que ce devait être du joli pour qu'on donnât ainsi des avances ! Je savais que les croix funéraires poussent trois fois plus vite que chez nous dans ces plantations de la fièvre. Mais quand on est jeune, on croit que la fièvre et la mort ne s'abattent jamais que sur les autres. Bref, je n'avais guère le choix ; je me rendis à Rotterdam, et je contractai un engagement de dix ans ; je reçus une jolie liasse de billets de banque, dont j'envoyai une moitié à mon oncle ; l'autre moitié fut la proie d'une de ces femmes qu'on rencontre dans le quartier du port et qui soutira tout ce que j'avais, simplement parce qu'elle ressemblait à cette chatte maudite. Ensuite, sans argent, sans montre, sans illusions, je

1. *Medizinische Blätter* : c'est-à-dire « Revue médicale », bulletin d'information pour les praticiens.

tournai le dos à l'Europe, et je n'éprouvais pas la moindre tristesse lorsque nous sortîmes du port. Je m'assis sur le pont, comme vous voilà en ce moment, comme tous les autres, et j'aperçus un jour la Croix du Sud et les palmiers, et mon cœur s'épanouit. Ah! les forêts, la solitude, le recueillement, comme j'en rêvais!

«Oh! ce n'est pas la solitude qui allait me manquer. On ne m'envoya pas à Batavia ou à Soerabaya[1], dans une ville où se trouvent des êtres humains, des clubs, un golf, des livres et des journaux, mais — le nom ne fait rien à l'affaire — dans une de ces stations de district qui sont à deux journées de voyage de la ville la plus proche. Quelques fonctionnaires ennuyeux et desséchés, deux «demi-caste[2]» formaient toute ma société; à part cela, il n'y avait tout autour que la forêt, des plantations, la brousse et le marais.

«Au début, c'était encore supportable. Je me livrai à des études de toutes sortes. Un jour, comme le vice-résident, au cours de sa tournée d'inspection, avait eu son automobile renversée et s'était cassé la jambe, je fis, à moi tout seul, une opération dont il fut beaucoup parlé. Je collectionnais des poisons et des armes d'indigènes; je m'occupais de cent petites choses pour me tenir en haleine. Mais cela ne dura que tant qu'agit en moi l'énergie apportée d'Europe; après quoi, je me rabougris. Les quelques Européens que je voyais m'ennuyaient; je rompis toute relation et je me mis à boire et à me recroqueviller dans des rêveries solitaires. Je n'avais plus qu'à patienter deux ans:

1. *Batavia* : ancien nom donné en 1619 par les Hollandais au fort qu'ils construisirent sur le site de la ville indonésienne de Djakarta. *Surabaya* est une ville et un port de l'île de Java.
2. *demi-caste (Halfcast)* : le mot anglais désigne une sorte de paria de la société, déchu de sa caste à la suite d'une faute.

ensuite je serais libre, et j'aurais une pension ; je pourrais rentrer en Europe et y commencer une nouvelle vie. À vrai dire, je ne faisais plus qu'attendre, j'attendais, tranquillement couché. Et c'est ainsi que j'attendrais encore si elle... si cela n'était pas arrivé. »

La voix dans l'obscurité s'arrêta. La pipe ne brûlait plus. Il y avait un tel silence que, tout d'un coup, j'entendis de nouveau l'eau se briser en écumant contre la carène du navire, ainsi que le battement de cœur, sourd et lointain de la machine. J'aurais volontiers allumé une cigarette, mais je craignais la lueur vive de l'allumette et le reflet sur le visage de l'inconnu. Il se taisait, il se taisait toujours. Je ne savais pas s'il avait fini, s'il somnolait, s'il dormait, tant il gardait un silence de mort.

Voici que la cloche du navire fit entendre un son rude et puissant : une heure. Il se leva brusquement ; j'entendis de nouveau le verre cliqueter. Il était manifeste que sa main cherchait, en tâtonnant, le whisky. J'entendis le léger bruit d'une gorgée qu'on avale, puis soudain la voix reprit, mais maintenant avec pour ainsi dire plus de tension et de passion :

« Donc... attendez... oui, j'y suis. J'étais là-bas dans mon trou maudit, j'étais là-bas comme l'araignée dans son filet, immobile depuis déjà des mois. C'était précisément après la saison des pluies[1]. Pendant des semaines et des semaines, l'eau avait clapoté sur mon toit. Personne n'était venu ; aucun Européen ; chaque jour, j'avais passé le temps assis chez moi, avec mes femmes jaunes

---

1. *après la saison des pluies* : c'est-à-dire donc vers la fin septembre.

et mon bon whisky. J'étais alors au plus bas ; j'étais complètement malade de l'Europe ; quand je lisais un roman où il était question de rues claires et de femmes blanches, mes doigts se mettaient à trembler. Je ne puis pas vous décrire exactement cet état ; c'est une espèce de maladie des tropiques, une nostalgie fiévreuse, furieuse, et cependant débilitante, qui quelquefois s'empare de vous. C'est ainsi qu'un jour j'étais penché sur un atlas, autant que je me le rappelle, et rêvais de voyages. Voici que brusquement on frappe à la porte ; mon boy est dehors, ainsi qu'une des femmes ; tous deux ont les yeux écarquillés de surprise. Ils font de grands gestes : une dame est là, une lady, une femme blanche !...

« Je me lève vivement. Je n'ai entendu venir ni voiture ni automobile. Une femme blanche ici, dans ce désert ?

« Je suis sur le point de descendre l'escalier, mais je reviens en arrière. Un coup d'œil dans la glace, et en hâte, je mets un peu d'ordre dans mon costume. Je suis nerveux, inquiet, comme tourmenté par un pressentiment désagréable, car je ne connais personne sur terre qui vienne à moi par amitié. Enfin je descends.

« Dans le vestibule, la dame attend, et elle se précipite au-devant de moi. Un épais voile d'automobiliste cache son visage. Je veux la saluer, mais elle me coupe vivement la parole. "Bonjour, docteur", dit-elle dans un anglais fluide (qui est même un peu trop fluide et comme appris à l'avance). "Pardonnez-moi si je vous surprends. Mais nous étions précisément à la station, notre auto y est arrêtée." Pourquoi donc n'est-elle pas venue en auto jusqu'ici, telle est la pensée qui, comme un éclair, me traverse l'esprit. "Alors, je me suis rappelé que vous habitiez ici. J'ai déjà tellement entendu parler de vous ; vous avez fait un vrai miracle avec le vice-résident ; sa jambe est tout à fait *all right*, il joue au golf tout comme avant. Ah ! oui, tout le monde en parle encore parmi nous ; et nous donnerions tous notre grognon de *surgeon*[1] et encore les deux autres par-dessus le marché, si vous veniez parmi nous. Au fait, pourquoi ne vous voit-on jamais là-bas ? Vous vivez vraiment comme un yogi[2]"... »

« Et elle continuait à bavarder de la sorte, avec une volubilité toujours plus grande, sans me laisser placer un mot. Il y avait dans ce papotage verbeux de la nervosité et de l'inquiétude, et moi-même je me sentis gagné par un certain trouble. Pourquoi parle-t-elle tant, me disais-je ? Pourquoi ne se présente-t-elle pas ? Pourquoi n'ôte-t-elle pas son voile ? A-t-elle la fièvre ? Est-elle malade ? Est-elle folle ? Ma nervosité augmente toujours, parce que je sens mon ridicule à être ainsi debout devant elle, inondé par le flux de ses paroles. Enfin elle s'arrête un peu, et je puis la prier de monter. Elle fait signe au boy de rester en arrière, et elle me précède dans l'escalier.

« "C'est gentil, ici", dit-elle, en regardant ma chambre. "Oh ! les beaux livres ! Je voudrais les lire tous !" Elle va vers l'étagère et passe en revue les titres des livres. Pour la première fois depuis qu'elle est arrivée, elle se tait une minute.

« "Puis-je vous offrir un peu de thé ?" lui demandai-je.

« "Non merci, docteur", dit-elle, sans se tourner et en continuant de regarder les titres des livres. "Il faut que nous repartions tout de suite. Je n'ai

1.   10. *surgeon* : les termes anglais conservés par Zweig (comme aussi *down* ou *allright*) sont bien sûr destinés à faire « couleur locale ».

2. *Yogi* : ascète pratiquant le yoga.

pas beaucoup de temps... Nous ne faisons qu'une toute petite excursion. Ah!... vous avez aussi Flaubert! J'aime tant à le lire... Admirable, absolument admirable, *L'Éducation sentimentale*... Je vois que vous lisez aussi le français... Que de connaissances vous avez!... Oui, les Allemands apprennent tout à l'école... C'est positivement merveilleux de connaître tant de langues... Le vice-résident ne jure que par vous; il dit toujours que vous êtes le seul au bistouri de qui il accepterait de se livrer... Notre bon *surgeon* de là-bas n'est guère capable que de jouer au bridge... D'ailleurs, sachez-le" (elle ne se retournait toujours pas vers moi) "aujourd'hui il m'est venu à l'idée de vous consulter... Et puisque précisément nous passions devant chez vous, j'ai pensé... Mais vous avez maintenant peut-être beaucoup à faire... Il vaudrait mieux que je revienne une autre fois."

« "Enfin, tu découvres ton jeu", pensai-je aussitôt; mais je n'en laissai rien paraître, et je lui déclarai que ce serait toujours pour moi un honneur d'être à son service, maintenant ou quand il lui plairait.

« — Ce n'est rien de sérieux", dit-elle en se tournant à demi, tout en feuilletant un livre qu'elle avait pris sur le rayon, "rien de sérieux... Des vétilles... Des choses de femme... Vertiges, faiblesses. Ce matin, dans un virage, je me suis affaissée tout à coup, *raide morte*[1]... Le boy a dû me relever dans l'auto et aller chercher de l'eau... C'est peut-être que le chauffeur allait trop vite... Ne pensez-vous pas, docteur?

« — Je ne puis pas en juger encore. Avez-vous eu souvent des faiblesses pareilles?

« — Non... c'est-à-dire si... dans les derniers

1. En français dans le texte.

temps oui... dans les tout derniers temps... c'est cela... des faiblesses et des nausées."

« La voilà de nouveau plantée devant la bibliothèque, replaçant un livre, en prenant un autre et se mettant à le feuilleter. Bizarre. Pourquoi feuillette-t-elle toujours ainsi... avec tant de nervosité ? Pourquoi ne lève-t-elle pas les yeux de sous son voile ? Intentionnellement, je ne dis rien. Il me plaît de la laisser dans l'attente. Enfin elle recommence à parler dans sa manière nonchalante et verbeuse :

« — N'est-ce pas, docteur, il n'y a là rien de grave ? Rien de tropical... rien de dangereux...

« — Il faudrait d'abord que je voie si vous avez la fièvre. Puis-je examiner votre pouls ?...

« Je me dirige vers elle, mais elle s'écarte légèrement.

« — Non, non, je n'ai pas de fièvre... À coup sûr, à coup sûr... J'ai pris moi-même ma température chaque jour depuis... depuis que ces faiblesses me sont survenues... Jamais de fièvre, toujours impeccablement 36,4 sur la raie du thermomètre. Mon estomac aussi est parfait.

« J'hésite un instant. Depuis un grand moment déjà, je sens sourdre en moi un soupçon ; je sens que cette femme veut me demander quelque chose. On ne vient pas dans un désert pour parler de Flaubert. Je la laisse attendre une minute, puis une autre. « — Excusez-moi, lui dis-je alors carrément, puis-je vous poser librement quelques questions ?

« — Certainement, docteur. Vous êtes médecin", répond-elle, mais déjà elle me tourne le dos et se met à jouer avec les livres.

« — Avez-vous eu des enfants ?

« — Oui, un fils.

« — Et avez-vous... précédemment, je veux dire
alors... avez-vous eu des troubles semblables ?

« — Oui.

« Sa voix est maintenant tout autre. Nette,
assurée, plus du tout verbeuse, plus du tout
nerveuse. "Et serait-il possible que vous... excusez
cette question... que vous fussiez maintenant dans
une semblable position ?

« — Oui."

« Cette parole tombe de ses lèvres, incisive et
tranchante comme un couteau. Pas une ligne ne
bouge sur sa figure, qu'elle détourne de moi.

« — Le mieux serait peut-être, madame, que je
procède à un examen général... Puis-je vous prier...
de prendre la peine de passer dans la pièce à
côté ?

« Brusquement elle se tourne vers moi. Je sens à
travers le voile un regard froid et décidé me
dévisager franchement. "Non... ce n'est pas utile...
je suis absolument certaine de mon état." »

La voix hésita un instant. De nouveau, le verre
rempli brille dans l'obscurité.

« Écoutez donc... mais essayez d'abord de vous
représenter un instant la situation : une femme
arrive chez quelqu'un qui dépérit dans son isole-
ment ; c'est la première femme blanche qui pénètre
depuis des années dans sa chambre... Et soudain
je sens qu'il y a dans la pièce quelque chose de
mauvais, un danger. Physiquement, j'en eus le
pressentiment ; je me sentis saisi de peur devant la
résolution implacable de cette femme qui, surve-
nue d'abord avec des papotages, brandit alors
soudain son exigence, comme un couteau dégainé.
Car ce qu'elle voulait de moi, je le savais bien ; je
l'avais su tout de suite. Ce n'était pas la première

fois que des femmes me demandaient un service
semblable ; mais elles se présentaient tout autrement : elles étaient honteuses ou suppliantes, elles
se présentaient avec des pleurs et des objurga-
tions. Mais ici il y avait une... oui, une résolution
virile, une résolution de fer... Dès la première
seconde, j'avais senti que cette femme était plus
forte que moi... qu'elle pouvait m'imposer à son gré
sa volonté... mais... mais... il y avait aussi en moi
quelque chose de mauvais... J'étais comme un
homme qui se défend et qui est irrité, car... je l'ai
déjà dit... dès le premier moment, oui, avant même
de l'avoir vue, j'ai senti en cette femme une
ennemie.

« D'abord je me tus ; je me tus par entêtement et
par irritation. Je sentais qu'elle me regardait sous
son voile, qu'elle me regardait d'un air provocant
et impérieux et qu'elle voulait m'obliger à parler.
Mais je ne cédai pas si facilement. Je me mis bien
à parler, mais... évasivement... oui, malgré moi,
j'imitai son débit verbeux et indifférent. Je fis
comme si je ne la comprenais pas, car — je ne sais
pas si vous pouvez saisir cela — je voulais la forcer
à s'exprimer clairement ; je ne voulais pas lui faire
des avances, mais... être prié... précisément, être
prié par elle, qui se présentait avec tant d'arro-
gance... et aussi parce que je savais qu'avec les
femmes, je ne cède jamais autant qu'en présence
de cette orgueilleuse froideur.

« Je me mis donc à lui dire, avec force paroles
inutiles, que ce n'était pas du tout grave, que de
pareilles faiblesses faisaient partie du cours régu-
lier des choses et qu'au contraire c'était presque la
garantie d'une santé normale. Je citai des cas tirés
des journaux de clinique... Je parlais, je parlais
avec indolence et légèreté, considérant toujours le
fait comme une banalité, et... j'attendais toujours

qu'elle m'interrompît, car je savais qu'elle ne le supporterait pas.

« Elle me coupa vivement la parole en faisant un geste de la main, comme pour arrêter toutes ces paroles rassurantes.

« — Ce n'est pas cela qui m'inquiète, docteur. À l'époque, lorsque j'ai eu mon bébé, mon état de santé était meilleur... mais maintenant je ne suis plus *all right*... j'ai une affection cardiaque.

« — Ah ! des troubles cardiaques, répétai-je d'un ton d'inquiétude, il faut que je voie tout de suite." Et je fis un mouvement comme si je voulais me lever et aller chercher le stéthoscope.

« Mais elle reprit brusquement — sa voix était maintenant tranchante et nette, comme au poste de commandement :

« — *J'ai* des troubles cardiaques, docteur, et je vous prie de croire ce que je vous dis. Je ne voudrais pas perdre du temps en examens. Vous pourriez, il me semble, avoir en moi plus de confiance. Pour ma part, du moins, j'ai assez témoigné ma confiance en vous.

« Maintenant c'était la lutte, c'était un défi déclaré. Je l'acceptai.

« — La confiance demande la franchise, une franchise sans réserve. Parlez clairement, je suis médecin. Et avant tout, ôtez votre voile, asseyez-vous, laissez les livres et les louvoiements. On ne vient pas voilée chez le médecin.

« Elle me regarda fièrement et droit dans les yeux. Elle eut un instant d'hésitation, puis elle s'assit et ôta le voile. Je vis une figure pareille à ce que je craignais. Une figure impénétrable, dure, contrainte, d'une beauté sans âge, une figure avec des yeux gris, comme en ont les Anglais, dans lesquels tout paraissait calme et derrière lesquels, cependant, on pouvait rêver toutes les passions.

Cette bouche mince et crispée ne laissait rien
transparaître de ses secrets lorsqu'elle ne le voulait
pas. Pendant une minute, nous nous regardâmes
l'un l'autre, elle jetant sur moi un regard à la fois
autoritaire et interrogateur, et avec une cruauté si
froide et métallique que je ne pus le supporter et
que, malgré moi, mes yeux se détournèrent.

« Elle frappa légèrement du doigt sur la table.
Chez elle aussi, il y avait donc de la nervosité. Puis
elle dit avec une brusque rapidité :

« — Docteur, savez-vous ce que j'attends de
vous, ou ne le savez-vous pas ?

« — Je crois le savoir, mais il vaut mieux qu'il
n'y ait pas d'ambiguïté. Vous voulez mettre fin à
votre état... Vous voulez que je vous débarrasse de
vos faiblesses, de vos nausées, en vous... en en
supprimant la cause. Est-ce bien cela ?

« — Oui.

« Le mot tomba comme un couperet.

« — Savez-vous aussi que de pareilles tentatives
sont dangereuses... pour les deux parties ?...

« — Oui.

« — Et que la loi me l'interdit ?

« — Il y a des cas où ce n'est pas interdit, où c'est
même ordonné, au contraire.

« — Mais ces cas-là comportent une indication
médicale.

« — Vous trouverez cette indication. Vous êtes
médecin.

« En prononçant ces paroles, ses yeux me regar-
daient nettement, fixement, sans remuer. C'était
un ordre. Et moi, faible que j'étais, je tremblais
d'admiration devant la puissance démoniaque de
sa volonté, mais je ne me courbais pas encore ; je
ne voulais pas montrer que j'étais déjà vaincu.
"Pas si vite, faisons des difficultés, forçons-la à

nous supplier" — une espèce de désir voluptueux fulgura en moi.

« — Cela ne dépend pas toujours de la volonté du médecin. Mais je suis prêt, avec un de mes collègues de l'hôpital...

« — Je ne veux pas de votre collègue... C'est vous que je suis venue trouver.

« — Puis-je vous demander pourquoi moi, précisément ?

« Elle me regarda froidement.

« — Je n'ai aucun embarras à vous le dire. C'est parce que vous vivez retiré, parce que vous ne me connaissez pas, parce que vous êtes un bon médecin et parce que — c'était la première fois qu'elle hésitait — parce que vous ne resterez plus longtemps dans ce pays, surtout si vous... si vous pouvez rapporter chez vous une somme importante.

« Ces paroles me glacèrent. Je fus stupéfié de cette froideur mercantile, de cette netteté de calcul. Jusqu'alors ses lèvres ne s'étaient pas ouvertes pour en faire sortir une prière ; au contraire ! et depuis longtemps tout était pesé ; elle m'avait d'abord épié, pour foncer ensuite droit sur moi. Je me sentais saisi par le diabolique de cette volonté, mais je me défendais avec toute mon exaspération. Une fois encore, je me contraignis à rester positif et même presque ironique.

« — Et cette somme importante, vous... vous la mettriez à ma disposition ?

« — Oui, pour votre concours et votre départ immédiat.

« — Savez-vous qu'ainsi je perds ma pension ?

« — Je vous indemniserai.

« — Vous êtes très précise... Mais je voudrais encore plus de précision. Quelle somme avez-vous prévue comme honoraires ?

« — Douze mille florins, payables par chèque, à Amsterdam.

« Je... tremblai... je tremblai de colère et... aussi d'admiration. Elle avait tout calculé, la somme et le mode de paiement, qui devait m'obliger à partir ; elle m'avait évalué et acheté sans me connaître ; elle avait disposé de moi dans l'intuition de sa volonté. J'avais bien envie de la gifler... mais, comme je me levais en tremblant, — elle aussi s'était levée — et que précisément, je la regardais dans les yeux, je me sentis soudain, en voyant cette bouche close qui ne voulait pas supplier, et ce front hautain qui ne voulait pas se courber... envahi par une... une sorte de désir violent. Elle dut s'en apercevoir, car elle fronça les sourcils comme quand on veut écarter quelqu'un d'importun : entre nous, brusquement, la haine fut à nu. Je savais qu'elle me haïssait parce qu'elle avait besoin de moi, et je la haïssais parce que... parce qu'elle ne voulait pas supplier. Pendant cette seconde de silence, cette seconde unique, nous nous exprimâmes pour la première fois avec une entière franchise. Puis tout à coup, comme un reptile, une pensée s'insinua en moi, et je lui dis... je lui dis...

« Mais attendez, vous comprendriez mal ce que je fis... ce que je dis... je dois d'abord vous expliquer comment... comment me vint cette idée insensée... »

De nouveau, le verre cliqueta légèrement dans l'obscurité ; et la voix devint plus animée.

« Ce n'est pas que je veuille m'excuser, me justifier, m'innocenter... mais, sans cela, vous ne comprendriez pas... Je ne sais si j'ai été ce qu'on peut appeler un homme de bien, mais... mais je

crois que j'ai toujours été secourable. Dans la vie
de misère que l'on menait là-bas, la seule joie que
l'on eût, c'était, grâce à la poignée de science qu'on
avait emmagasinée dans son cerveau, de pouvoir
sauver l'existence de quelque être vivant... comme
le plaisir de jouer au Bon Dieu... Réellement, les
plus belles heures étaient quand un jeune indigène
livide de peur, le pied très enflé par une morsure de
serpent, venait à moi, en hurlant déjà qu'il ne
fallait pas lui couper la jambe, et qu'effectivement
je parvenais à le sauver, sans cela. J'ai fait des
lieues et des lieues quand quelque femme était
alitée, en proie à la fièvre ; alors aussi j'ai fait ce
que venait de me demander cette étrangère, et
même déjà en Europe, là-bas, à l'hôpital de la
Faculté. Mais là, au moins, on sentait que cet être
avait *besoin* de vous ; là on savait qu'on sauvait
quelqu'un de la mort ou du désespoir, et précisément, pour pouvoir aider les autres, il faut avoir
soi-même ce sentiment que les autres ont besoin de
vous.

« Mais cette femme — je ne sais pas si je pourrai
vous décrire cela —, elle m'irrita, elle m'inquiéta
depuis le moment où elle était venue chez moi
comme une simple visiteuse ; elle m'incita, par son
orgueil, à lui résister ; elle excita — comment dire ?
— elle excita à lui tenir tête tout ce qu'il y avait en
moi de contenu, de caché et de mauvais. J'étais fou
de voir qu'elle jouait à la lady et qu'elle négociait
avec un sang-froid hautain une affaire où il
s'agissait de vie ou de mort... Et puis... enfin on ne
devient pas enceinte en jouant au golf... Je
savais... c'est-à-dire j'étais forcé, tout à coup, de me
rappeler — et voilà l'idée insensée — de me
rappeler avec une terrifiante netteté que cette
femme glacée, pleine d'orgueil et de froideur, et qui
fronçait durement les sourcils sur ses yeux d'acier,

lorsque je la regardais avec inquiétude — ou
presque sur la défensive — j'étais forcé de me
rappeler que, deux ou trois mois auparavant, elle
s'était, entre les bras d'un homme, roulée sur un lit,
nue comme une bête et peut-être râlant de plaisir,
leurs corps s'étreignant comme deux lèvres. Voilà
l'idée brûlante qui me saisit, tandis qu'elle me
regardait si arrogamment, avec une froideur si
hautaine, tout comme un officier anglais... et alors
tout se tendit en moi... je fus obsédé par l'idée de
l'humilier... À partir de cet instant, je vis à travers
sa robe son corps nu... À partir de cet instant, je
n'eus plus que la pensée de la posséder, d'arracher
à ces lèvres dures un gémissement, de sentir cette
orgueilleuse, cette âme glacée, vaincue par la
volupté, comme l'autre l'avait sentie, cet autre que
je ne connaissais pas... C'est cela... cela que je
voulais vous expliquer... C'est la seule fois que,
malgré ma déchéance, j'aie jamais cherché à
abuser de ma situation de médecin... et ce n'était
pas de la lascivité, de la luxure, de la sexualité,
non, vraiment non... sinon je l'avouerais... C'était
uniquement le désir de maîtriser cet orgueil... de le
maîtriser en homme que j'étais... Je vous ai dit
déjà, il me semble, que les femmes orgueilleuses et
froides en apparence ont toujours exercé leur
emprise sur moi, mais maintenant il y avait, en
outre, ce fait que je vivais ici depuis sept ans sans
avoir eu une femme blanche, et que je ne connaissais pas de résistance... car les filles d'ici, ces
petites bêtes gracieuses et gazouillantes, tremblent
de respect quand un Blanc, "un monsieur", les
prend... elles deviennent tout humilité ; elles sont
toujours accueillantes, toujours prêtes à vous
servir... avec un doux sourire ressemblant à un
gloussement... c'est précisément cette soumission,
cette servilité, qui vous gâtent le plaisir. Vous

comprenez, maintenant, quel effet renversant cela produisit sur moi lorsque, soudain, je vis arriver une femme remplie d'orgueil et de haine, dissimulée jusqu'au bout des ongles et en même temps vibrante de mystère et chargée d'une récente passion... lorsqu'une pareille femme entre insolemment dans la cage d'un pareil homme, d'une bête humaine si isolée, si affamée, si retirée du monde... Cela... cela, je n'ai voulu vous le dire que pour que vous puissiez comprendre le reste... ce qui se produisit ensuite. Donc... plein de je ne sais quel mauvais désir, empoisonné par la pensée de la voir nue, sensuelle et s'abandonnant, je me ramassai sur moi-même et je feignis l'indifférence. Je dis froidement : « — Douze mille florins ?... Non, pour cela je ne le ferai pas.

« Elle me regarda, un peu blême. Elle devinait que le désir d'argent n'était pour rien dans cette résistance. Mais malgré cela, elle ajouta :

« — Qu'exigez-vous donc ?

« Je laissai de côté le ton de la froideur et je dis :
« — Jouons cartes sur table. Je ne suis pas un commerçant... je ne suis pas le pauvre apothicaire de *Roméo et Juliette*, qui vend son poison pour un *or infâme*[1]. Je suis plutôt le contraire d'un commerçant... Ce n'est pas de cette façon que vous obtiendrez l'accomplissement de votre désir.

« — Vous ne voulez donc pas le faire ?

« — Pas pour de l'argent.

« Une seconde de silence absolu régna entre nous. Silence si complet que, pour la première fois, je l'entendis respirer.

« — Que pouvez-vous donc désirer d'autre ?

« Maintenant je cessai de me retenir :

---

1. *or infâme (corrupted gold)* : c'est une allusion à la scène 1 de l'acte V du drame de Shakespeare.

« — Je désire d'abord que vous... que vous me parliez non comme à un épicier, mais comme à un être humain. Que, si vous avez besoin d'assistance, vous ne... vous ne mettiez pas aussitôt en avant votre honteux argent... mais que vous priiez... l'être humain que je suis de vous aider, de vous aider, vous qui êtes aussi un être humain... Je ne suis pas seulement médecin, je n'ai pas seulement des "heures de visites"... il y a aussi, pour moi, d'autres heures... Peut-être êtes-vous arrivée à une de ces heures-là...

« Pendant un instant elle se tait. Puis elle incurve très légèrement sa lèvre, tressaille et dit très vite :

« — Donc, si je vous priais... vous le feriez ?

« — Vous voulez encore faire une affaire ; vous ne voulez prier qu'après avoir eu ma promesse. Il faut d'abord que ce soit vous qui m'imploriez, puis je vous répondrai...

« Elle dresse la tête comme un cheval fougueux. Elle me regarde avec colère.

« — Non ! je ne vous prierai pas. Plutôt périr !

« Alors la colère me saisit, rouge, insensée.

« — Eh bien ! puisque vous ne voulez pas me prier, c'est moi qui vais l'exiger. Je crois que je n'ai pas besoin d'être plus précis. Vous savez ce que je désire de vous. Après... après je vous aiderai.

« Pendant un instant, elle me regarda fixement. Puis — oh ! je ne peux pas, je ne peux pas dire combien ce fut atroce —, puis ses traits se tendirent, et puis... elle éclata de rire... Elle me rit au visage avec une expression de mépris indicible... avec un mépris qui, pour ainsi dire, me foudroya... tout en m'enivrant... Ce fut comme une explosion si brusque, si violente, déchaînée par une force si monstrueuse, ce rire de mépris, que je... que j'aurais pu m'abattre sur le sol et lui baiser les pieds. Cet état ne dura en moi qu'une seconde... ce fut comme un éclair, et j'avais le feu dans tout le corps... Elle s'était déjà tournée de l'autre côté et se dirigeait rapidement vers la porte.

« Inconsciemment, je voulus la suivre... pour m'excuser... pour la supplier... car ma force était complètement brisée... mais elle se retourna encore une fois et me dit, ou plutôt *m'ordonna* :

« — Ne vous avisez pas de me suivre ou de vous occuper de moi... Vous le regretteriez.

« Et déjà la porte claquait derrière elle. »

De nouveau une hésitation... De nouveau un silence... De nouveau seulement ce bruit de la mer, comme si c'était le clair de lune qui ruisselait... Enfin la voix reprit :

« La porte claqua brusquement... mais moi, je restai sur place, immobile... Cet ordre m'avait comme hypnotisé... Je l'entendis descendre l'escalier, fermer la porte... J'entendis tout, et toute ma volonté se tendait vers elle... pour... je ne sais pas quoi... pour la rappeler, ou la battre ou l'étrangler, mais la suivre... la suivre... et pourtant je ne pouvais pas... mes membres étaient comme paralysés par une décharge électrique... J'avais été frappé, frappé jusqu'aux moelles par l'éclat impérieux de ce regard... Je sais que ce ne sont pas des choses à expliquer ni à raconter... Cela peut paraître ridicule, mais je restai là, immobile... il me fallut des minutes, peut-être cinq, peut-être dix minutes, avant de pouvoir mettre un pied devant l'autre...

« Mais à peine eus-je remué que j'étais déjà plein d'ardeur et de vitesse... En un clin d'œil, je fus en bas de l'escalier... Elle ne pouvait qu'avoir suivi la route qui mène à la résidence administrative... Je me précipite vers la remise pour prendre ma bicyclette. Je vois que j'ai oublié la clef; alors j'arrache la clôture, dont les bambous volent en éclats avec un craquement... je bondis sur la bicyclette, et je m'élance sur ses traces... il faut que... il faut que je la rejoigne avant qu'elle ait atteint son automobile... il faut que je lui parle.

« La poussière de la route s'élève autour de moi... C'est maintenant seulement que je remarque combien longtemps j'ai dû rester immobile, là-haut... Alors... au détour de la forêt, tout de suite avant la résidence, je l'aperçois, se hâtant droit devant elle, accompagnée du boy... Mais elle aussi sans doute m'a vu, car la voilà qui parle au boy et qui, celui-ci restant en arrière, continue son chemin toute seule. Que veut-elle faire ? Pourquoi veut-elle être seule ?... Veut-elle me parler sans qu'il entende ?... Avec une fureur aveugle je pédale à toute allure... Soudain, quelque chose se met en travers de ma route... le boy... C'est à peine si j'ai le temps de faire dévier ma bicyclette... et me voilà par terre.

« Je me relève avec des jurons... Malgré moi, je lève le poing pour assommer le butor, mais il s'écarte de moi... Je redresse ma bicyclette pour y remonter, mais le drôle me vient au-devant, saisit la roue et s'écrie dans son anglais misérable : « *You remain here !* »

« Vous n'avez pas vécu sous les tropiques... Vous ne savez pas quelle insolence c'est quand un Jaune, un coquin de cet acabit, saisit la bicyclette d'un Blanc, d'un "monsieur", et lui ordonne, au "monsieur", de rester là. Pour toute réponse, je lui envoie mon poing dans la figure. Il chancelle, mais il ne lâche pas ma roue... Ses yeux, ses yeux étroits et peureux, sont grand ouverts, dans une angoisse d'esclave... mais il tient mon guidon, le tient avec une fermeté diabolique... *"You remain here!"*, balbutie-t-il encore une fois. Par bonheur, je n'avais pas de revolver, sinon je l'aurais abattu. "Arrière, canaille!" fis-je seulement. Il me regarde plein d'humilité, mais ne lâche pas le guidon. Je lui donne encore un coup sur le crâne; il ne lâche toujours pas. Alors la rage me prend... je vois qu'elle est déjà loin, qu'elle m'a peut-être échappé et je décoche au Jaune, sous le menton, un vrai coup de poing de boxeur... si bien qu'il va bouler. Maintenant je retrouve ma bicyclette... mais à peine suis-je dessus qu'elle se bloque... Dans la bagarre, la roue s'est tordue... Mes mains fiévreuses cherchent à la redresser... Je n'y réussis pas... Alors, je balance ma bicyclette en travers du chemin, à côté du coquin qui se relève tout sanglant et qui s'écarte... Et puis — non, vous ne pouvez pas vous rendre compte combien cela est ridicule, là-bas, aux yeux de tous, quand un Européen... Mais je ne savais plus ce que je faisais... je n'avais plus qu'une seule pensée: la suivre et la rejoindre... Je me mis à *courir*, à courir comme un fou, le long de la route, en passant devant les huttes où la canaille jaune se pressait, étonnée, pour voir un Blanc, un Monsieur, le Docteur *courir*.

«J'arrivai à la résidence trempé de sueur... Ma première question fut: "Où est l'auto...?" Elle venait de démarrer... Les gens me regardent avec stupéfaction; il doit leur sembler que j'ai perdu la raison, à me voir ainsi arriver mouillé et malpropre, et vociférant ma question avant même de m'arrêter... Là-bas, sur la route, je vois tourbillonner en blanc la fumée de l'auto... Elle a réussi... réussi, comme toute chose doit réussir à la dureté, à la dureté inflexible de ses calculs...

«Mais la fuite ne lui servira de rien... Sous les

tropiques, rien ne reste secret parmi les Européens... tout le monde se connaît ; tout devient un événement... Ce n'est pas pour rien que son chauffeur est resté pendant une heure dans le bungalow du gouverneur... Au bout de quelques minutes, je sais tout... je sais qui elle est... qu'elle habite là-bas... disons dans la capitale, à huit heures de chemin de fer d'ici... que c'est... disons la femme d'un gros négociant, qu'elle est énormément riche, distinguée, une Anglaise... je sais que son mari est maintenant depuis cinq mois en Amérique et qu'il doit rentrer ces jours-ci pour l'emmener en Europe...

« Mais elle — et cette pensée me brûle les veines comme un poison — est sans doute enceinte de deux ou trois mois tout au plus... »

« Jusqu'à présent, j'ai pu encore vous faire tout comprendre... Peut-être tout bonnement parce que, jusqu'à ce moment-là, je me comprenais encore moi-même... et que, comme médecin, j'avais pu toujours établir un diagnostic de mon propre état. Mais à partir de ce moment, je fus saisi comme par la fièvre... Je perdis tout contrôle sur moi-même... ou plutôt je savais bien que tout ce que je faisais était insensé, mais je n'avais plus aucun pouvoir sur moi... Je ne me comprenais plus moi-même... Je ne faisais plus que courir droit devant moi, obsédé par mon but... D'ailleurs, attendez... peut-être, malgré tout, pourrai-je encore vous faire comprendre... Savez-vous ce que c'est que l'*amok*[1] ?

1. *amok* : terme malais qui était d'abord employé dans l'expression (reprise de l'anglais) « courir un muck » ; voir aussi la note 1 sur le titre du récit.

— *Amok*?... je crois me souvenir... c'est une espèce d'ivresse chez les Malais...

— C'est plus que de l'ivresse... c'est de la folie, une sorte de rage humaine... une crise de monomanie meurtrière et insensée, à laquelle aucune intoxication alcoolique ne peut se comparer. Moi-même, au cours de mon séjour là-bas, j'ai étudié quelques cas — lorsqu'il s'agit des autres on est toujours perspicace et très positif —, mais sans que j'aie pu jamais découvrir l'effrayant secret de leur origine... C'est lié sans doute, d'une certaine façon, au climat, à cette atmosphère dense et étouffante qui oppresse les nerfs comme un orage, jusqu'à ce qu'ils craquent... Donc l'*amok*... oui, l'*amok*, voici ce que c'est: un Malais, n'importe quel brave homme plein de douceur, est en train de boire paisiblement son breuvage... il est là, apathiquement assis, indifférent et sans énergie... tout comme j'étais assis dans ma chambre... et soudain il bondit, saisit son poignard et se précipite dans la rue... il court tout droit devant lui, toujours devant lui, sans savoir où... Ce qui passe sur son chemin, homme ou animal, il l'abat avec son kris[1], et l'odeur du sang le rend encore plus violent... Tandis qu'il court, la bave lui vient aux lèvres, il hurle comme un possédé... mais il court, court, court, ne regarde plus à gauche, ne regarde plus à droite, ne fait plus que courir avec un hurlement strident, en tenant dans cette course épouvantable, droit devant lui, son kris ensanglanté... Les gens des villages savent qu'aucune puissance au monde ne peut arrêter un amok... et quand ils le voient venir, ils vocifèrent, du plus loin qu'ils peuvent, en guise d'avertissement: "Amok! Amok!" et tout s'enfuit... Mais lui, sans entendre,

1. *kris*: poignard malais dont la lame à double tranchant est ondulée.

poursuit sa course; il court sans entendre, il court sans voir, il assomme tout ce qu'il rencontre... jusqu'à ce qu'on l'abatte comme un chien enragé ou qu'il s'effondre, anéanti et tout écumant...

«Un jour, j'ai vu cela de la fenêtre de mon bungalow... c'était horrifiant... et c'est seulement parce que je l'ai vu, que je me comprends moi-même en ces heures-là... car c'est ainsi, exactement ainsi, avec ce regard terrible dirigé droit devant moi, sans rien voir ni à droite ni à gauche, sous l'empire de cette folie, que je me précipitai... derrière cette femme... Je ne sais plus comment je fis; tout se déroula si furieusement, avec une rapidité tellement insensée... Dix minutes après... non cinq, non deux... je savais tout de cette femme : son nom, sa demeure, sa situation, et je retournais chez moi en grande vitesse sur une bicyclette empruntée hâtivement; je jetais un complet dans une valise, je prenais de l'argent et je filais en voiture à la station de chemin de fer... je filais sans annoncer mon départ au chef de district... sans me faire remplacer, en laissant tout en plan et la maison ouverte à tout le monde... Les domestiques m'entouraient, les femmes s'étonnaient et me questionnaient; je ne répondais pas, je ne me retournais pas... Je filais à la gare et roulais vers la ville par le premier train... En tout, une heure après l'entrée de cette femme dans ma maison, j'avais jeté toute mon existence par-dessus bord et je me précipitais dans le vide, comme un amok...

«Je courais droit devant moi, la tête la première... À six heures du soir, j'étais arrivé... à six heures dix, je me trouvais chez elle et me faisais annoncer... C'était, vous le comprenez, l'acte le plus insensé, le plus stupide que je pusse commettre... Mais l'amok court, le regard vide; il ne voit pas où il se précipite... Au bout de quelques minutes, le domestique revint... disant, poli et froid, que Madame n'était pas bien et ne pouvait pas me recevoir...

« Je sortis en titubant... Une heure durant, je fis le tour de la maison, possédé par l'absurde espoir qu'elle viendrait peut-être me chercher... Puis je pris une chambre à l'hôtel de la plage et me fis monter deux bouteilles de whisky... Celles-ci et une double dose de véronal vinrent à mon aide... Je m'endormis enfin, et ce sommeil trouble et agité fut l'unique pause dans cette course entre vie et mort. »

La cloche du navire tinta. Deux coups pleins, dont la vibration se prolongea en tremblant dans la nappe d'air épais et quasi immobile, puis reflua sous la quille pour venir se joindre au bruissement incessant et léger accompagnant ce discours passionné. L'homme assis dans les ténèbres en face de moi devait avoir sursauté, effrayé ; sa voix se tut. De nouveau, j'entendis la main chercher en tâtonnant la bouteille, de nouveau léger bruit de gorgée. Puis, comme calmé, il reprit d'une voix plus ferme :

« Il m'est à peine possible de vous parler des heures qui suivirent. Aujourd'hui, je crois que j'avais alors la fièvre ; en tout cas, je me trouvais dans un état de surexcitation confinant à la folie — j'étais un amok, comme je vous le disais. Mais n'oubliez pas que j'arrivai le mardi soir, et le samedi — j'avais appris le fait entre-temps — son mari devait débarquer du paquebot P & O venant de Yokohama[1]. Il ne me restait donc plus que trois jours, trois malheureux jours pour prendre une

1. *Yokohama* : grande ville et port dans la baie de Tokyo.

décision et pour la secourir. Comprenez bien ceci : je savais que mon aide immédiate lui était nécessaire, et je ne pouvais pas lui adresser la parole. Et le besoin d'excuser ma conduite ridicule, ma folie furieuse, venait encore augmenter ma nervosité. Je savais combien chaque moment était précieux ; je savais que c'était pour elle une question de vie ou de mort, et je n'avais pourtant aucune possibilité de l'approcher ou de lui chuchoter un mot, de lui faire un signe, car précisément, ma conduite maladroite autant qu'insensée l'avait effrayée. C'était... oui, attendez... c'était comme si vous vous précipitiez derrière quelqu'un pour le prévenir contre un meurtrier et que ce quelqu'un, vous prenant vous-même pour le criminel, courût à sa perte de plus belle... Elle ne voyait en moi qu'un amok la poursuivant dans le dessein de l'humilier, mais moi... c'était là l'absurdité atroce... je ne pensais plus du tout à cela... car j'étais complètement anéanti, je ne voulais plus que l'aider, la servir... Pour lui venir en aide, j'eusse commis un crime, j'eusse tué quelqu'un... Mais elle, elle ne le comprenait pas... Lorsque le matin, aussitôt réveillé, je me rendis chez elle en courant, le boy était devant la porte, le même boy à qui j'avais lancé mon poing dans la figure. Et quand il me vit de loin — il devait m'avoir attendu —, il rentra rapidement. Peut-être n'était-ce que pour annoncer secrètement mon arrivée... peut-être... Ah ! cette incertitude, comme elle me fait souffrir aujourd'hui... peut-être avait-on déjà tout préparé pour me recevoir... mais à ce moment-là, quand j'aperçus le boy, le souvenir de ma honte me revint ; je n'osai pas renouveler ma visite... J'avais les genoux qui tremblaient. Juste devant le seuil, je me retournai et repartis... Je repartis pendant que peut-être elle m'attendait, aussi tourmentée que moi.

« À présent, je ne savais plus que faire dans cette ville étrangère dont le sol me brûlait les talons comme du feu... Soudain, une idée me vint : je hélai une voiture et me rendis chez le vice-résident, le même à qui j'avais, naguère, donné des soins dans ma station. Je me fis annoncer... Mon allure devait avoir quelque chose d'étrange, car il me regarda d'un air comme effrayé, et dans sa politesse se manifestait une certaine inquiétude... Peut-être avait-il reconnu en moi un amok... Je lui dis, brusquement décidé, que je venais le prier de me nommer dans sa ville, qu'il m'était impossible de vivre plus longtemps là-bas, à mon poste... qu'il me fallait mon changement immédiatement... Il me regarda... je ne peux pas vous dire de quelle façon... à peu près comme un médecin considère un malade... "C'est une dépression nerveuse, cher docteur, fit-il ensuite, et je ne le comprends que trop bien. Nous allons y remédier ; mais attendez... disons quatre semaines... il faut tout d'abord que je vous trouve un remplaçant. — Je ne peux pas attendre, pas même un jour", répondis-je. Il eut de nouveau ce regard étonnant. "Il le faut, docteur, dit-il gravement. Impossible de laisser la station sans médecin. Mais je vous promets que dès aujourd'hui, je fais tout le nécessaire." Je restais là, les dents serrées : pour la première fois, j'avais clairement conscience d'être un homme vendu, un esclave. Déjà je me ramassais en une attitude de défi, mais il me prévint, avec tact : "Vous êtes privé de vie sociale, et cela, à la longue, dégénère en maladie. Nous nous sommes tous étonnés que vous ne veniez jamais à la ville, que vous ne preniez jamais de congé. Vous avez besoin de mondanités, de distraction. Venez donc, ce soir : il y a réception chez le gouverneur, vous y trouverez tous les membres de la colonie ; maints d'entre eux désire-raient faire votre connaissance depuis longtemps, vous ont souvent demandé et ont souhaité vous voir ici."

« Ces derniers mots m'ouvrirent un nouvel hori-zon. On m'avait demandé. Serait-ce elle ? Je fus soudain un autre homme. Avec la plus grande politesse, je le remerciai de son invitation et l'assurai que je ne manquerais pas de venir à l'heure. Et, effectivement, je vins à l'heure, et même avant l'heure. Dois-je vous dire que mon impatience me fit arriver le premier dans la grande salle du palais gouvernemental ? Je restai là, silencieux, entouré des serviteurs jaunes qui allaient et venaient rapidement en se balançant sur leurs pieds nus et — comme je me l'imaginais dans mon trouble — se moquaient de moi par-derrière. Pendant un quart d'heure, je fus l'unique Européen au milieu de tous ces préparatifs dis-crets, si seul avec moi-même que j'entendais le tic-tac de ma montre dans la poche de mon gilet. Enfin quelques employés du gouvernement et leur famille arrivèrent, puis vint aussi le gouverneur qui m'entraîna dans une longue conversation, au cours de laquelle je répondis avec aisance et à-propos, je pense, jusqu'à ce que... jusqu'à ce que, en proie soudain à une nervosité mystérieuse, je perdis tout mon savoir-vivre et commençai à bégayer. Bien que j'eusse le dos tourné vers la porte de la salle, je sentis tout à coup qu'elle devait être entrée, qu'elle devait être présente ; je ne pourrais pas vous dire comment cette certitude subite me bouleversa, mais pendant que je parlais encore avec le gouverneur, que le son de ses paroles tintait en mon oreille, je devinais *sa* présence quelque part derrière moi. Heureusement, mon interlocuteur acheva l'entretien, sans quoi je me serais, je crois, retourné brusquement, tant mes nerfs devenaient le jouet de cette mystérieuse attraction, si ardent était mon désir de la voir enfin. Et, effectivement, à peine avais-je tourné la tête que je l'aperçus à la place exacte où, inconsciemment, je l'avais sentie. Elle portait une robe de bal jaune, qui donnait à ses épaules fines et d'une ligne pure, comme un ton mat d'ivoire, et elle parlait au milieu d'un groupe. Elle souriait, et pourtant il me semblait que ses traits avaient quelque chose de tendu. Je m'approchai — elle ne pouvait pas me voir ou ne voulait pas me voir —, je regardai le sourire prévenant et joli qui agitait ses lèvres minces d'un léger tressaillement. Ce sourire me grisa de nouveau, parce que... parce que, je le savais, ce n'était que mensonge, art ou science, mais perfection dans la dissimulation. Je pensai : aujourd'hui, c'est mercredi, et samedi son mari arrive avec le navire... Comment peut-elle sourire ainsi, si... si sûre d'elle-même, si tranquille, et jouer si négligemment avec son éventail au lieu de le déchirer dans une crispation d'angoisse ? Moi... l'étranger... depuis deux jours ce retour me faisait trembler, moi, l'étranger, je vivais son inquiétude angoissée, je ressentais sa terreur jusqu'au paroxysme... et elle allait au bal et souriait, souriait, souriait...

« Derrière, la musique commençait. La danse s'ouvrit. Un vieil officier l'avait invitée ; elle abandonna, en s'excusant, le cercle des causeurs et au bras de son cavalier, se dirigea de mon côté pour se rendre dans la salle voisine. Quand elle m'aperçut, son visage se tendit soudain violemment — la durée d'une seconde seulement — puis, tout en inclinant poliment la tête comme l'on fait quand on rencontre une personne que l'on a connue par hasard (et avant même que je me fusse décidé à la saluer ou à ne pas la saluer), elle dit : "Bonsoir, docteur !" et passa. Personne n'eût pu deviner ce qu'il y avait de caché dans ce regard gris-vert, et moi-même, je l'ignorais. Pourquoi me saluait-elle ?... Pourquoi, subitement, me reconnaissait-elle ?... Moyen de défense ou de rapprochement, ou simplement embarras de la surprise ? Je ne puis vous décrire dans quel état d'excitation je me trouvais ; tout en moi était sens dessus dessous, comprimé, prêt à exploser, et en la voyant valser tranquillement au bras de l'officier, avec sur le front, l'éclat d'une calme insouciance, cependant que je savais pourtant qu'elle... qu'elle comme moi ne pensait qu'à *cela*... à cela... que nous deux seuls en ce lieu avions un terrible secret... et elle valsait... en quelques secondes, mon angoisse, mon désir, mon admiration rendirent ma passion plus forte que jamais. J'ignore si quelqu'un m'observait, mais certainement, par mes allures, je me trahissais plus encore qu'elle ne se cachait ; il m'était impossible de diriger mes yeux dans une autre direction. Il fallait... oui, il fallait que je la regarde ; je ramassai toutes mes forces ; de loin je tirai à moi le masque recouvrant son visage fermé pour voir s'il ne tomberait pas un instant. La fixité de mon regard lui causa, sans aucun doute, une sensation désagréable. Lorsqu'elle repassa près de moi avec son danseur, elle me regarda l'espace d'un éclair d'une façon tranchante et autoritaire, comme pour m'ordonner de m'en aller ; sur son front, devenu méchant, apparut de nouveau ce petit pli de colère hautaine que je connaissais déjà.

« Mais... mais... je vous l'ai dit... je courais comme un amok, sans regarder ni à droite ni à gauche. Je la compris aussitôt — ce regard disait :

"Ne te fais pas remarquer, dompte-toi!" Je savais qu'elle... comment dirai-je?... qu'elle réclamait de moi, dans ce lieu public, une conduite discrète... Je sentais que si, à ce moment-là, je rentrais chez moi, le lendemain je pourrais certainement être reçu par elle... Que maintenant, maintenant seulement, elle ne voulait pas être exposée à de bizarres familiarités de ma part, qu'elle redoutait — et avec combien de raison — que ma maladresse ne vînt provoquer une scène... Vous voyez... je savais tout, je comprenais le commandement de son œil gris, mais... mais c'était trop fort en moi, il fallait que je lui parle. Et je m'avançai en titubant vers le groupe où elle était en train de parler; je me joignis sans façon au cercle — bien que quelques-unes seulement des personnes présentes me fussent connues — rien que pour entendre sa voix; cependant, tel un chien battu, je baissais peureusement la tête devant son regard chaque fois qu'il m'effleurait, aussi froidement que si j'eusse été la portière de toile contre laquelle je me trouvais ou le souffle d'air qui l'agitait légèrement. Mais je ne bougeais pas de place, assoiffé d'un mot d'elle, attendant d'elle un signe d'intelligence; j'étais là, l'œil fixe, au milieu des causeurs, d'un seul bloc. Déjà sans doute, cela avait dû surprendre, oui, car personne ne m'adressait la parole, et ma présence ridicule devait la faire souffrir.

« Je ne sais pas combien de temps je serais resté ainsi... une éternité, peut-être... Car je ne pouvais pas m'arracher à cet enchantement de ma volonté. L'acharnement de ma rage justement me paralysait... Mais elle ne put le supporter plus longtemps. Soudain, elle se tourna vers l'entourage avec sa légèreté ravissante et dit: "Je suis un peu fatiguée... Je veux me coucher plus tôt aujourd'hui... Bonne nuit!" Déjà elle passait près de moi,

m'adressant de la tête un salut d'une politesse
froide... Je vis encore le pli de son front, et puis rien
que son dos, son dos nu, frais et blanc. Une
seconde se passa avant que je saisisse qu'elle
partait... que je ne la verrais plus, que je ne
pourrais plus lui parler ce soir-là, le dernier soir
pour la sauver... Un instant donc, je restai encore
immobile avant de saisir la vérité... Alors...
alors...

« Mais attendez... attendez... sans quoi vous ne
comprendriez pas toute la stupidité, tout l'absurdité de mon acte... Il faut tout d'abord que je vous
décrive exactement les lieux... C'était dans la
grande salle du palais gouvernemental, partout
éclairée et presque vide, dans cette salle immense...
Les couples étaient retournés à la danse, les
hommes au jeu... quelques groupes seulement
s'entretenaient dans les coins... la salle était donc
vide... chaque mouvement attirait l'attention, se
manifestait en pleine lumière... C'est cette grande,
cette vaste salle qu'elle traversa d'un pas lent et
léger, les épaules hautes, rendant par-ci par-là un
salut, dans son allure indescriptible... avec ce
calme magnifique et d'une glaçante souveraineté
qui me ravissait tant en elle... Je... je n'avais pas
quitté ma place, je viens de vous le dire ; j'étais
comme paralysé avant de saisir qu'elle partait...
Quand je le compris, elle se trouvait déjà à l'autre
bout de la salle, juste devant la porte... Alors... oh !
je rougis encore aujourd'hui en y pensant... une
force m'empoigna soudain et je *courus* — entendez-
vous, je ne marchais pas, je *courais* — derrière elle
en traversant la salle qui retentissait du bruit de
mes souliers. J'entendais mes pas, je voyais tous
les regards étonnés se diriger vers moi... J'aurais
pu succomber de honte... Je courais toujours alors
que déjà j'avais conscience de ma folie... mais je ne

pouvais plus... je ne pouvais plus revenir... Je la rejoignis à la porte... Elle se retourna... Ses yeux gris me pénétrèrent comme une lame d'acier, ses narines tressaillaient de colère... J'allais me mettre à bégayer... Alors... à ce moment-là... elle éclata soudain de rire... d'un rire sonore naturel, sincère et, distinctement... si distinctement que tous purent l'entendre... elle dit: "Ah! docteur, c'est maintenant seulement que vous trouvez ce qu'il faut pour mon petit garçon... Vraiment, ces hommes de science!..." Quelques personnes qui se trouvaient à côté rirent de bon cœur... je compris... La maîtrise avec laquelle elle avait écarté le danger me faisait tourner la tête... je fouillai dans mon portefeuille et déchirai d'un bloc-notes une feuille blanche, qu'elle prit négligemment... non sans un calme sourire de remerciement... Elle partit... Au premier moment, je me sentis soulagé... Je voyais mon acte de démence réparé, la situation sauvée, grâce à son remarquable sang-froid... Mais je compris également aussitôt que tout était perdu pour moi; ma folie furieuse me valait maintenant la haine de cette femme... une haine plus forte que la mort... À présent, je pourrais frapper à sa porte cent fois, elle me repousserait comme un chien.

« Je chancelais dans la salle... je remarquais que les gens avaient les yeux fixés sur moi... je devais paraître étrange... J'allai au buffet, je bus deux, trois, quatre verres de cognac, successivement... ce qui m'empêcha de défaillir... mes nerfs n'en pouvaient plus, ils étaient comme rompus... Puis je me glissai dehors par une porte dérobée, en me cachant comme un criminel... Pour rien au monde, je n'eusse retraversé cette salle, où l'écho de son rire éclatant était encore sur tous les murs... je m'en allai... je ne peux plus dire exactement où... dans quelque taverne et me mis à boire... à boire comme quelqu'un qui en buvant veut effacer toute conscience... Pourtant... mes sens ne se troublaient pas... le rire, le rire strident et méchant était fiché en moi... ce maudit rire, je n'arrivais pas à l'anesthésier... puis, j'errai encore dans le port... J'avais laissé mon revolver chez moi, sans quoi je me serais tiré une balle. Je n'avais pas d'autre idée et je revins à l'hôtel avec cette idée... en pensant seulement au compartiment de gauche dans l'armoire où se trouvait mon revolver... rien qu'avec cette idée.

« Pourquoi ne me suis-je pas tiré une balle ? Je vous le jure, ce ne fut pas par lâcheté... c'eût été pour moi une délivrance que de presser l'acier froid de la détente... mais comment vous expliquer cela ?... Je sentais que j'avais encore un devoir... Oui, ce devoir d'assistance, cet exécrable devoir... la pensée qu'elle pouvait avoir besoin de moi, qu'elle avait besoin de moi, me rendait fou... Je rentrai le jeudi à l'aube, et le samedi... comme je vous le disais... le samedi arrivait le navire, et je savais que *cette* femme hautaine et orgueilleuse ne survivrait pas au scandale devant le monde. Ah ! comme j'ai souffert en pensant au temps précieux gaspillé sans réflexion, à ma folle précipitation qui avait fait échouer toute aide opportune... Des heures entières, oui, des heures durant, je vous le jure, j'ai fait les cent pas dans ma chambre, je me suis martyrisé le cerveau à chercher comment je pourrais l'approcher, tout réparer, la secourir... car elle ne me laisserait plus entrer chez elle, j'en avais la certitude. Son rire secouait encore mes nerfs, et je voyais toujours le tressaillement de colère agitant ses narines... Des heures entières, oui, pendant des heures, j'ai parcouru à grands pas les trois mètres de mon étroite chambre... déjà il faisait jour, déjà le matin était là...

«Soudain je me jetai sur la table, je sortis du papier à lettres et me mis à lui écrire... à tout lui écrire... une lettre plaintive comme peut l'être un chien qui pleure, dans laquelle je l'implorais de me pardonner, en me traitant de fou, de criminel... dans laquelle je la conjurais d'avoir confiance en moi... Je lui faisais le serment de disparaître aussitôt après de la ville, de la colonie et, si elle le voulait, du monde... Il fallait seulement qu'elle m'accordât son pardon et sa confiance, qu'elle se laissât assister, maintenant qu'il était temps, grand temps... J'écrivis ainsi vingt pages fiévreuses... Ce devait être une lettre folle, incroyable, délirante car, lorsque je me levai de la table, j'étais trempé de sueur... Tout vacillait autour de moi, je fus obligé de boire un verre d'eau... Puis je voulus relire la lettre, mais dès les premiers mots, je frémis... je la pliai en tremblant; déjà je prenais une enveloppe... À cet instant, un frisson me parcourut soudain. Le mot véritable, le mot décisif m'était venu tout à coup. Je saisis à nouveau la plume, et j'écrivis sur la dernière feuille : "J'attends votre pardon ici, à l'hôtel de la plage. Si à sept heures, je n'ai pas de réponse, je me loge une balle dans la tête."

«Je pris la lettre, sonnai un boy et la lui donnai avec ordre de la porter immédiatement. Enfin, tout était dit — tout !»

À côté de nous, un bruit de verre, et un gargouillis. Dans un mouvement de nervosité, il avait renversé la bouteille de whisky : j'entendis sa main la chercher à tâtons sur le sol, puis la saisir d'un geste brusque; à toute volée, il lança par-dessus bord la bouteille vide. Sa voix s'arrêta quelques minutes ; puis sous l'empire de la fièvre, il reprit, plus agité, plus emporté que jamais :

« Je ne crois plus en Dieu... selon moi, il n'y a ni ciel ni enfer... et s'il existait un enfer, je ne le redoute pas, car il ne peut être plus terrible que les heures que je vécus alors, depuis l'après-midi jusqu'au soir... Représentez-vous une petite chambre, brûlante sous le soleil, toujours plus ardente dans la fournaise de midi... une chambre étroite, avec juste un lit, une chaise et une table. Sur cette table, rien qu'une montre et un revolver ; devant, un homme... un homme qui ne fait que regarder la table et la trotteuse... un homme qui ne mange pas, ne boit pas, ne fume pas, ne bouge pas... qui, toujours... vous m'entendez : toujours, trois heures durant... a les yeux fixés sur le cercle blanc du cadran et sur l'aiguille qui tourne autour de ce cercle en faisant tic-tac... C'est ainsi... que j'ai passé cette journée, rien qu'à attendre, attendre, attendre... mais attendre comme... comme un amok, sans réfléchir, en animal, avec cette opiniâtreté frénétique, cette obsession à ne regarder que droit devant soi.

« Eh bien... je ne vous décrirai pas ces heures... impossible de décrire cela... moi-même je n'arrive plus à comprendre comment on peut le vivre sans... sans devenir fou... Donc... à trois heures vingt-deux exactement, je le sais car j'avais les yeux fixés sur la montre... on frappe soudain... Je bondis, je m'élance comme un tigre sur sa proie ; d'un bond, je traverse la chambre et suis à la porte que j'ouvre brusquement.... Un petit Chinois se tient timidement dehors, un bout de papier plié à la main, je m'en empare avidement ; en même temps, il fait un saut et disparaît.

« Je déplie le billet avec hâte, veux le lire... mais je ne peux pas... Tout vacille, tout est rouge devant mes yeux... Imaginez ma souffrance, j'ai enfin, enfin, le mot que j'attends d'elle... Et maintenant tout tremble et danse devant mes pupilles... Je me plonge la tête dans l'eau... à présent, ma vue est plus claire... Je reprends le billet et lis :

« — Trop tard ! Mais attendez chez vous, peut-être vous appellerai-je encore.

« Pas de signature sur cette feuille froissée provenant d'un vieux prospectus quelconque... de rapides traits griffonnés au crayon, d'une écriture d'ordinaire plus sûre... Je ne sais pas pourquoi je ressentais une telle émotion devant ce billet... Il avait quelque chose de mystérieux et d'horrible, il semblait écrit pendant une fuite, debout sur le rebord d'une fenêtre ou en voiture... Quelque chose d'indescriptible, fait d'angoisse, de précipitation, d'effroi émanant de ce papier mystérieux me glaçait l'âme... et pourtant... et pourtant j'étais heureux : elle m'avait écrit, il ne me fallait pas mourir encore, je pourrais l'aider... peut-être... je pourrais... oh ! je me perdais complètement dans les conjectures et les espoirs les plus extravagants... Cent fois, mille fois, j'ai relu le billet, je l'ai porté aux lèvres... je l'ai examiné, cherchant un mot oublié, échappé... Toujours mon rêve devenait plus profond, plus embrouillé, irréel comme un sommeil les yeux ouverts... sorte de paralysie, quelque chose de léthargique et cependant d'agité entre le sommeil et la veille, qui peut-être dura des quarts d'heure, peut-être des heures...

« Soudain, j'eus un mouvement de frayeur... N'avait-on pas frappé... ? Je retins ma respiration... une minute, deux minutes de silence absolu... Puis de nouveau, tout doucement, comme le grignotement d'une souris, un petit coup léger, mais vif... Je m'élance vers la porte, encore tout étourdi, et l'ouvre d'un geste brusque... Dehors je vois un boy, son boy, celui à qui j'avais abîmé la face à coups de poing... son visage brun avait pris une couleur gris cendré ; son regard trouble annonçait le malheur... Immédiatement, je flairai l'horrible drame... : « Que... que s'est-il passé ? bégayai-je avec peine. *"Come quickly"*, dit-il... Pas un mot de plus... Aussitôt je descendis l'escalier quatre à quatre, lui derrière moi... Une petite voiture, un sado, attendait, nous y montâmes... : *"Qu'est-il arrivé ?"* lui demandai-je... Il me regarda en tremblant et sans mot dire, les lèvres serrées... Je questionnai encore une fois — pas de réponse... Je lui aurais volontiers collé à nouveau mon poing sur la figure, mais... sa fidélité de caniche envers elle me remua... et je ne lui demandai plus rien... La voiturette roulait avec une telle précipitation à travers le remue-ménage des rues que les gens s'écartaient en proférant des injures ; elle passa comme l'éclair du quartier européen au bord de la mer, dans la ville basse, et plus loin, beaucoup plus loin, entra dans le chaos bruyant du quartier chinois... Enfin nous prîmes une ruelle étroite tout à fait à l'écart... le sado fit halte devant une maison basse... Elle était sale et comme recroquevillée sur elle-même ; sur le devant, une petite boutique éclairée d'une chandelle... une de ces boutiques où se cachent les fumeries d'opium ou les bordels, un nid de voleurs ou un antre de receleurs... Le boy frappa vivement à la porte... Une voix chuchota, des questions et des questions, par l'entrebâillement... Ma patience était à bout, je sautai du siège et poussai brusquement la porte entrouverte. Une vieille Chinoise s'enfuit en lançant un petit cri... le boy me suivit, me conduisit à travers le couloir... ouvrit une autre porte... une autre porte donnant sur une pièce sombre, et qui

sentait l'alcool et le sang coagulé... quelqu'un y
gémissait... je m'avançai en tâtonnant... »

De nouveau la voix s'arrêta. Et ce qu'on entendit
ensuite ressemblait bien plus à des sanglots qu'à
des paroles.

« ... Je m'avançai en tâtonnant... et là... sur une
natte malpropre... là gisait, tordue de douleur... une
espèce de forme humaine gémissant... Elle était
étendue là... Je ne pouvais pas voir son visage
dans l'obscurité... Mes yeux n'étaient pas encore
habitués... Je ne fis donc que tâter... je rencontrai
sa main... chaude... brûlante... de la fièvre, une
forte fièvre... et je frissonnai... Immédiatement, je
savais tout... elle avait fui ici devant moi... Elle
s'était laissé mutiler par une sale Chinoise quelconque, tout simplement parce qu'elle comptait ici
sur plus de discrétion... Elle s'était laissé assassi-
ner par une sorcière du diable plutôt que de se
confier à moi... parce que, insensé que je fus...
parce que je n'avais pas ménagé son orgueil, je ne
l'avais pas aidée immédiatement... parce qu'elle
me craignait plus que la mort...

« Je réclamai de la lumière à grands cris. Le boy
se précipita : l'abominable Chinoise apporta, les
mains tremblantes, une lampe à pétrole fumeuse...
Je dus me retenir pour ne pas sauter à la gorge de
cette canaille jaune... Ils mirent la lampe sur la
table... Une lueur éclaira d'un coup le corps
martyrisé... Et soudain... soudain, tout le trouble,
toute la colère, toute cette lie impure de passion
accumulée, tout cela avait disparu... je n'étais plus
qu'un médecin, un homme de dévouement, d'intuition, de science... J'avais oublié ma personne... je
luttais avec toute la lucidité de mes sens et de mon
esprit contre l'horreur...

« Le corps nu que, dans mes rêves, j'avais désiré
n'était plus pour moi... comment exprimer cela ?...

que matière et organisme... ce n'était pas elle que j'avais devant moi, mais la vie qui se défendait contre la mort, un être humain se tordant au milieu de tourments mortels... Son sang, son sang chaud et sacré m'inondait les mains, mais cela n'éveillait en moi ni désir ni terreur... Je n'étais que médecin... je ne voyais que la souffrance... et je voyais...

« Je vis aussitôt que tout était perdu si un miracle ne se produisait pas... La main maladroite et criminelle l'avait blessée, et elle était à demi exsangue... et je n'avais rien dans cet infect repaire pour arrêter le sang, pas même de l'eau propre... tout ce que je touchais était crasseux !

« — Il faut que nous allions immédiatement à l'hôpital", fis-je. Mais à peine avais-je dit ces mots que le corps torturé se dressait convulsivement. "Non... non... plutôt mourir... que personne ne sache... personne... Chez moi... chez moi..."

« Je compris... Elle ne luttait plus pour conserver la vie, mais seulement pour garder le secret, sauver son honneur... Et — j'obéis... Le boy apporta un brancard où nous la couchâmes... et de cette façon... comme un cadavre déjà, sans force et délirante... nous la transportâmes dans la nuit... chez elle... en écartant la domesticité curieuse et effrayée... Comme des voleurs, nous la portâmes dans sa chambre et fermâmes les portes... Et puis... et puis commença la lutte, la longue lutte contre la mort... »

Soudain, une main me serra convulsivement le bras, au point que j'aurais presque crié d'effroi et de douleur. Dans l'obscurité, le visage s'était tout à coup rapproché de moi, grimaçant ; je vis surgir subitement ses dents blanches, je vis les verres de ses lunettes briller comme deux énormes yeux de chat dans le reflet du clair de lune. Et maintenant il ne parla plus, il hurla presque sous l'empire de la colère :

« Savez-vous donc, étranger que vous êtes, assis là bien tranquillement sur votre siège, vous qui traversez le monde en promeneur, savez-vous ce que c'est que de voir mourir quelqu'un ? Y avez-vous déjà assisté ? Avez-vous vu comment le corps se recroqueville, comment les ongles bleus griffent le vide, comment chaque membre se contracte, chaque doigt se raidit contre l'effroyable issue, comment un râle sort du gosier... avez-vous vu dans les yeux exorbités cette épouvante qu'aucun mot ne peut rendre ? Avez-vous déjà vu cela, vous l'oisif, le globe-trotter, vous qui parlez de l'assistance comme d'un devoir ? J'ai vu la mort souvent, en médecin, je l'ai vue comme... comme un cas clinique, un fait... Je l'ai pour ainsi dire étudiée ; mais je ne l'ai *vécue* qu'une seule fois, je n'en ai ressenti, partagé les affres qu'alors, durant cette nuit affreuse... durant cette horrible nuit où je me torturais le cerveau sur mon siège pour découvrir, trouver, inventer quelque chose pouvant arrêter le sang qui coulait, coulait et coulait, contre la fièvre qui la consumait sous mes yeux, contre la mort qui s'approchait de plus en plus et qu'il m'était impossible d'écarter du lit. Comprenez-vous ce que c'est que d'être médecin : tout savoir de toutes les maladies — avoir le devoir d'aider, comme vous le dites si bien — et pourtant être impuissant au chevet d'une mourante, sachant et ne pouvant rien... sachant une seule chose, cette chose terrible que vous ne pouvez apporter aucune aide, même s'il vous était possible de vous arracher toutes les veines du corps... Voir s'échapper d'un corps aimé tout son pauvre sang, le voir martyrisé par la souffrance, sentir un pouls précipité et qui, en même temps, s'éteint... vous fuit sous les doigts... Être médecin et ne rien trouver, rien, rien, rien... Être assis là, et balbutier une prière quelconque comme une vieille bigote à l'église, puis serrer les poings à nouveau contre un dieu misérable, dont on sait bien qu'il n'existe pas... Comprenez-vous cela ? Le comprenez-vous ?... Moi, il y a une chose seulement que je ne comprends pas : comment... comment il se fait qu'on ne meure pas soi-même en de pareils instants... qu'ensuite on se réveille encore le lendemain matin, qu'on se lève, qu'on se nettoie les dents, se mette une cravate... qu'il soit encore possible de vivre quand on a vécu ce que je vécus alors, ce que je sentis, en voyant le souffle du premier être humain pour lequel je luttais et combattais, et que je voulais retenir de toutes les forces de mon âme... ce souffle glisser entre mes doigts... dans l'inconnu, glisser toujours plus vite, de minute en minute, tandis que dans mon cerveau fiévreux je ne trouvais rien pour le maintenir en vie, cet être unique...

« Et venant diaboliquement redoubler mes tourments, ceci encore... Pendant que j'étais à son chevet — je lui avais fait une piqûre de morphine pour calmer ses souffrances, et je la regardais reposer avec ses joues en feu, en feu et pâles —, oui... pendant que j'étais assis, je sentais derrière moi deux yeux qui ne cessaient de me regarder avec une fixité terrible... Le boy était accroupi par terre et marmottait je ne sais quelles prières... Quand mes yeux rencontrèrent les siens... non, impossible de décrire cela... quelque chose de si suppliant, de si... reconnaissant se montra dans son regard de caniche, et en même temps il levait les mains vers moi comme pour me conjurer de la sauver... vous comprenez... vers moi, il levait les

mains vers moi, comme si j'avais été un dieu... vers
moi, pauvre impuissant, qui savais tout perdu...
qui étais là aussi inutile qu'une fourmi s'agitant
sur le sol... Ah! ce regard, comme il me torturait;
cet espoir fanatique, animal, en ma science...
J'aurais pu l'insulter, le piétiner, tellement il me
faisait mal... Et pourtant je sentais comme nous
étions liés tous deux par notre amour pour elle...
par le secret... Il était juste derrière moi, immobile
et ramassé, comme un animal aux aguets... À
peine avais-je demandé une chose qu'il faisait un
bond sur ses pieds nus silencieux, et me la tendait
tremblant... en proie à l'impatience, comme si
c'était un secours... le salut... Je le sais, il se fût
ouvert les veines pour la secourir... Telle était cette
femme, tel était son empire sur les êtres... et, moi...
je n'avais pas le pouvoir de sauver un dé de sang...
Oh! cette nuit, cette horrible nuit, cette nuit sans
fin entre vie et mort!

« Vers le matin, elle se réveilla encore une fois...
elle ouvrit les yeux... Ils n'avaient plus rien de
hautain ni de glacial, à présent... on y voyait
briller la fièvre, tandis que légèrement embués et
comme étrangers, ils tâtonnaient à travers la
chambre... Puis elle me regarda : elle semblait
réfléchir, vouloir se rappeler mes traits... et soudain... je le vis... elle se souvenait... car un effroi,
une résistance... quelque chose d'hostile, de terri-
fiant tendait son visage... Elle agitait les bras
comme si elle eût voulu fuir... loin, loin, loin de
moi... Je voyais, elle pensait à *cela*... à l'heure où...
Mais la réflexion vint ensuite... Elle me regarda
plus calme, respirant avec peine... Je sentais
qu'elle désirait parler, dire quelque chose... de
nouveau ses mains commencèrent à se raidir...
Elle voulait se lever, mais elle était trop faible... Je
la calmai, me penchai vers elle... Alors son regard

martyrisé me fixa longuement... Ses lèvres remuè-
rent légèrement... Ce ne fut plus qu'un dernier son
qui s'éteint lorsqu'elle dit... :

« — Personne ne le saura ?... Personne ?

« — Personne, fis-je avec la plus grande force de
conviction, je vous le promets.

« Mais son œil demeurait inquiet... Les lèvres
fiévreuses, elle arriva encore à prononcer indis-
tinctement :

« — Jurez-moi... personne ne saura... Jurez.

« Je levai la main comme on prête serment. Elle
me considéra... avec un regard indicible... il était
tendre, chaud, reconnaissant... oui vraiment,
reconnaissant... Elle voulait encore ajouter quelque chose, mais ce lui fut trop difficile. Longtemps,
elle demeura étendue, les yeux fermés, complètement épuisée par l'effort.

« Puis commença l'horrible, l'horrible chose...
une heure entière, épouvantable, elle lutta encore :
au matin seulement, ce fut la fin... »

Il se tut longtemps. Je ne m'en aperçus que
quand, du pont, la cloche fit entendre dans le
silence un, deux, trois coups, forts — trois heures !
Le clair de lune était devenu plus pâle, mais déjà
une autre lumière jaune tremblait incertaine dans
l'air et, de temps à autre, le vent soufflait, léger
comme une brise. Une demi-heure, une heure
encore, puis ce fut le jour ; la claire lumière avait
effacé l'aube grisâtre. Je voyais ses traits plus
distinctement, maintenant que les ombres tombaient moins épaisses et moins noires dans notre
coin ! Il avait enlevé sa casquette et, sous son crâne
luisant, le visage tourmenté apparaissait plus
effrayant encore. Mais déjà les lunettes brillantes
se tournaient de nouveau vers moi ; le corps se

raidissait, et la voix reprenait, ironique et tranchante :

« Pour elle, c'était fini maintenant — mais pas pour moi. J'étais seul avec le cadavre — et qui plus est, seul, dans une maison étrangère, seul dans une ville qui ne souffrait aucun secret, et moi... j'avais à garder un secret... Oui, représentez-vous bien la situation : une femme appartenant à la meilleure société de la colonie, en parfaite santé, qui, l'avant-veille au soir encore, avait dansé au bal du gouverneur et qu'on trouve subitement morte dans son lit... Près d'elle est un médecin étranger, que son domestique est soi-disant allé chercher... Personne dans la maison ne l'a vu entrer, ne sait d'où il vient... Elle a été ramenée la nuit sur une civière, puis on a fermé les portes... Et le matin elle est morte... Alors seulement on a appelé la domesticité, et, tout à coup, la maison se remplit de cris... En un clin d'œil, les voisins sont au courant, la ville entière... et il n'y a là qu'une personne qui doit expliquer tout cela... moi, étranger, médecin dans une station éloignée... Charmante situation, n'est-ce pas ?...

« Je savais ce qui m'attendait. Heureusement que j'avais le boy avec moi, ce brave garçon qui saisissait chacun de mes regards. Lui aussi, cet animal jaune, borné, comprenait qu'il fallait encore faire face à une autre lutte. Je lui avais dit seulement : "La dame veut que personne ne sache ce qui s'est passé. » Ses yeux fixèrent les miens, ses yeux de caniche, humides et pourtant résolus : « *Yes, Sir* », fit-il sans un mot de plus. Puis il fit disparaître du parquet les traces de sang, remit tout en ordre du mieux qu'il put, et sa détermination justement me fit retrouver la mienne.

« Jamais, dans ma vie, je le sais, je n'ai concentré en moi une pareille énergie ; jamais elle ne me reviendra. Quand on a tout perdu, on lutte comme un désespéré pour sauver les restes suprêmes ; ici, c'était son testament, le secret. Je reçus les gens avec un parfait sang-froid, leur racontai à tous la même histoire inventée : comment le boy, parti sur ses ordres chercher le médecin, m'avait par hasard rencontré en route. Mais pendant que je parlais, affectant le calme, j'attendais... j'attendais sans cesse celui dont tout dépendait... le médecin légiste, avant que nous pussions l'enfermer dans la bière, avec son secret... C'était le jeudi... ne l'oubliez pas, et le samedi arrivait son mari...

« Enfin, à neuf heures, j'entendis annoncer le médecin de l'état civil. Je l'avais fait appeler — il était mon supérieur hiérarchique et, en même temps, mon concurrent ; c'était ce même docteur dont elle m'avait parlé de façon si méprisante et qui, évidemment, avait déjà connaissance de ma demande de changement. Au premier regard, je le sentis, il était mon ennemi. Mais cela, précisément, raidit mes forces.

« Dans l'antichambre déjà, il demanda :

« — Quand madame... — il prononça son nom — est-elle morte ?

« — À six heures du matin.

« — Quand vous a-t-elle envoyé chercher ?

« — À onze heures du soir.

« — Saviez-vous que j'étais son médecin ?

« — Oui, mais le temps pressait... Et puis... la défunte m'avait expressément demandé. Elle avait défendu d'appeler un autre médecin.

« Il me regarda d'un œil fixe : dans son visage pâle et quelque peu bouffi, une rougeur passa ; je vis qu'il était irrité. Mais c'était justement ce qu'il me fallait — toute mon énergie se déployait en vue d'une rapide décision, car je me rendais compte que mes nerfs ne résisteraient plus longtemps. Il allait répondre avec hostilité, puis il dit négligemment: «Si vous pensez pouvoir vous passer de moi, c'est pourtant mon devoir légal de constater le décès... et de savoir comment il est survenu.

«Je ne répondis pas et le laissai s'avancer. Alors je reculai, fermai la porte et mis la clef sur la table. La surprise fit dresser ses sourcils. «Que signifie cela?

«Je me plaçai tranquillement en face de lui:

«— Il ne s'agit pas ici de déterminer la cause du décès, mais — d'en trouver une autre. Cette femme m'a fait venir pour que je lui donne des soins... à la suite d'une intervention malheureuse... Je ne pouvais plus la sauver, mais je lui ai promis de sauver son honneur, et je le ferai. Et je vous prie de m'y aider.

«Il écarquillait les yeux d'étonnement:

«— Vous ne voudriez pas, par hasard, bégaya-t-il ensuite, que moi, médecin de l'Administration, je couvrisse ici un crime?

«— Si, c'est cela que je veux, cela que je suis obligé de vouloir.

«— Pour cacher votre crime, je devrais...

«— Je vous ai dit que je n'avais pas touché cette femme, sans quoi... sans quoi je ne serais pas ici devant vous, sans quoi j'en aurais depuis long-temps fini avec moi. Elle a expié sa faute — si vous voulez appeler cela ainsi —; le monde n'a pas besoin d'en rien savoir. Et je ne tolérerai pas à présent que l'honneur de cette femme soit inutile-ment sali.

«Mon ton décidé ne faisait que l'exciter davan-tage. "— Vous ne tolérerez pas?... Ah... vous êtes devenu sans doute mon supérieur... ou du moins vous croyez déjà l'être... Essayez donc de me commander... J'ai pensé immédiatement qu'il y avait là-dessous quelque chose de malpropre pour qu'on vous fît sortir de votre trou... Jolie besogne que celle par laquelle vous débutez... joli savoir-faire... Mais maintenant je ferai mon enquête, *moi*, et vous pouvez compter qu'un rapport signé de mon nom sera exact. Jamais je ne signerai au bas d'un mensonge.

« J'étais tout à fait calme.

« — Si... en cette circonstance, vous allez le faire. Car vous ne quitterez pas cette pièce avant.

« Je mis la main dans ma poche ; je n'avais pas mon revolver sur moi. Mais il tressaillit. J'avançai d'un pas vers lui et le regardai.

« — Écoutez, je vais vous dire deux mots... pour ne pas en venir à des extrémités. Ma vie ne m'importe pas du tout... celle d'un autre, pas davantage : j'en suis déjà arrivé là... Une seule chose m'importe : tenir ma promesse que la cause de cette mort demeurera secrète... Écoutez : je vous donne ma parole d'honneur que, si vous faites un certificat disant que cette femme... est morte subitement, je quitterai ensuite la ville et les Indes dans le courant même de la semaine... que, si vous l'exigez, je prendrai mon revolver et me tuerai aussitôt le cercueil en terre, emportant avec moi la certitude que personne... vous entendez : *personne* ne pourra plus faire de recherches. Cela vous suffira, je pense — il *faut* que cela vous suffise.

« Ma voix devait avoir quelque chose de menaçant, de redoutable, car en même temps que je m'approchais involontairement de lui, il se recula brusquement, comme... en proie à cette épouvante qui fait fuir les gens devant l'amok quand il court en brandissant furieusement son kris... Et subitement il fut un autre homme... affaissé, paralysé, pour ainsi dire... son intransigeance tomba. Dans

87

une dernière et faible résistance, il murmura : "Ce serait la première fois de ma vie que je signerais un faux certificat... Enfin on trouvera bien un moyen... On sait bien ce que c'est... Mais je ne pouvais pourtant pas comme cela, au premier abord...

« — Certainement que vous ne pouviez pas, fis-je avec lui, pour lui donner plus d'assurance — (Vite donc ! vite donc ! faisait le tic-tac violent de mes tempes) — mais à présent, sachant que vous ne feriez qu'offenser un vivant et commettre une chose effrayante à l'égard d'une morte, vous n'hésiterez certainement plus.

« Il fit un signe d'acquiescement. Nous nous approchâmes de la table. Au bout de quelques minutes, le certificat était prêt (celui-là, fort crédible, qui fut ensuite publié dans le journal et qui attribuait le décès à un arrêt du cœur). Puis il se leva et me regarda :

« — Vous partez cette semaine même, n'est-ce pas ?

« — Vous avez ma parole.

« Il me regarda de nouveau. Je remarquai qu'il voulait paraître ferme et positif. « Je m'occupe immédiatement du cercueil, dit-il pour cacher son embarras.

« Mais qu'y avait-il en moi de si... si effroyablement inquiétant ? Soudain il me tendit la main, faisant montre d'une brusque cordialité : « Surmontez cela, me dit-il.

« Je ne compris pas ce qu'il voulait dire. Étais-je malade ? Étais-je... fou ? Je l'accompagnai jusqu'à la sortie, ouvris la porte — mais j'eus tout juste la force de la refermer derrière lui. Puis mes tempes se remirent à battre, tout vacilla et tourna devant moi, et je m'effondrai juste devant son lit...

comme... comme un amok à la fin de sa course s'abat, les nerfs rompus, sans connaissance.»

Il s'arrêta encore. J'avais un peu froid ; était-ce le frisson apporté par le vent du matin sifflant alors légèrement au-dessus du navire ? Mais le visage tourmenté qu'éclairait maintenant à demi le reflet du jour se tendit de nouveau :

«Combien de temps suis-je ainsi resté étendu sur la natte ? Je l'ignore. Puis, je sens qu'on me touche. Je me relève brusquement. C'était le boy qui, timide, debout devant moi dans son attitude de dévotion, me fixait d'un regard inquiet :

« — Quelqu'un veut entrer... veut la voir...

« — Personne ne peut entrer.

« — Oui... mais...

«Ses yeux étaient pleins d'effroi. Il voulait parler, et pourtant il n'osait pas. L'animal fidèle endurait un vrai tourment.

« — Qui est-ce ?

«Il me regardait tremblant, comme s'il eût craint d'être battu. Puis il dit — il ne prononça aucun nom... mais d'où vient que chez un être inférieur de ce genre, il se révèle tout à coup autant de conscience, d'où vient qu'en quelques secondes un pareil sentiment de tendresse inexprimable anime des êtres tout à fait bornés ?... Il dit... peureux, tout à fait peureux...

« — C'est *lui*.

«Je sursautai, compris tout de suite, et aussitôt je fus totalement possédé par l'envie et l'impatience de connaître cet homme. Car, voyez-vous l'étrange chose... au milieu de tous ces tourments, dans cette fièvre de désirs et d'angoisse, dans cette course insensée... je l'avais complètement oublié... oublié qu'un autre homme était en jeu... celui que cette femme avait aimé, à qui elle avait donné passionnément ce qui me fut refusé... Vingt-quatre heures, douze heures plus tôt, j'aurais haï cet homme, j'aurais pu le déchirer... À présent... je ne peux pas vous dire combien j'avais hâte de le voir, lui... de l'aimer, parce qu'elle l'avait aimé.

« Je ne fis qu'un bond jusqu'à la porte. J'y trouvai un tout jeune et blond officier, très gauche, très frêle, très pâle... Il avait l'air d'un enfant... d'une jeunesse si... si touchante... et je ressentis sur-le-champ une émotion indicible en le voyant s'efforcer d'être un homme, de se donner une contenance... de cacher son trouble. Je remarquai tout de suite que sa main tremblait lorsqu'il la porta à sa casquette... Volontiers, je l'eusse embrassé... parce qu'il était tout à fait comme je désirais intérieurement que fût celui qui avait possédé cette femme... Pas un séducteur, pas un individu orgueilleux... non, mais un adolescent, un être tendre et pur, à qui elle s'était donnée.

« Le jeune homme restait devant moi, complète-ment intimidé. Mon regard curieux, mon accueil passionné ajoutaient encore à sa confusion, que trahissait le tressaillement de la petite et légère moustache... Cet adolescent, ce jeune officier devait se maîtriser pour ne pas éclater en sanglots.

« — Excusez-moi, dit-il enfin, j'aurais désiré voir madame... une dernière fois.

« Inconsciemment, sans le vouloir, je passai mon bras autour des épaules de cet étranger, le guidai comme on guide un malade. Il me regarda étonné, et dans ses yeux je lus un sentiment de tendresse et de reconnaissance infinies... en cette seconde déjà, nous avions compris l'affinité qui existait entre nous... Nous avançâmes vers la morte... Elle reposait là, blanche dans son linceul blanc — je sentis que mon voisinage lui était une souffrance... je reculai pour le laisser seul avec elle... Il s'approcha plus près, lentement, d'un pas si flageolant, si pénible... À ses épaules, je voyais son bouleversement, son déchirement... il allait comme... comme quelqu'un qui marche en faisant face à un ouragan... Et soudain il s'effondra à genoux devant le lit... exactement comme je m'étais abattu.

«Je m'élançai immédiatement, le relevai et le mis sur un siège. Il n'avait plus honte, et sa peine s'exhalait en sanglots. Je ne pouvais rien dire — je ne fis que passer inconsciemment les doigts sur sa blonde et douce chevelure d'enfant. Il prit ma main... tout à fait délicatement et pourtant avec inquiétude... et tout à coup je sentis son regard s'attacher sur moi...

« — Dites-moi la vérité, docteur, bégaya-t-il, a-t-elle attenté à ses jours ?

« — Non, dis-je.

« — Alors quelqu'un est... je m'imagine... quelqu'un est coupable de sa mort ?

« — Non", fis-je de nouveau, bien que je sentisse en moi le besoin de lui crier : "Moi ! Moi ! Moi !... Et toi !... Nous deux ! Et son entêtement, son funeste entêtement !"

«Mais je me retins et répétai encore une fois :

« — Non, personne n'est coupable... c'était le destin !

« — Je ne peux pas croire cela, gémit-il, je n'arrive pas à le croire. Avant-hier encore, elle était au bal, me souriait, me faisait des signes en dansant. Comment est-ce possible ? Comment cela a-t-il pu se produire ?

«Je racontai un long mensonge. Même à lui, je ne trahis pas le secret. Les jours suivants, nous nous entretînmes comme deux frères, nos traits en quelque sorte éclairés par le sentiment qui nous unissait... et que nous ne nous avouions pas ; mais nous n'en sentions pas moins réciproquement que toute notre vie était unie à cette femme... Plus d'une fois les mots me vinrent aux lèvres, en me serrant la gorge ; pourtant je serrais alors les dents — jamais il n'a su qu'elle portait un enfant de lui... que l'enfant, son enfant à lui, j'aurais dû le tuer et qu'elle l'avait emporté avec elle dans l'abîme. Et pourtant nous ne parlions que d'elle, durant ces jours-là que je passai chez lui en me cachant... car — j'avais omis de vous le dire — on me recherchait... Lorsque son mari arriva, le cercueil était déjà fermé... Il ne voulut pas croire au certificat... Les gens chuchotaient toutes sortes de choses... et il me recherchait... Mais je ne pouvais pas supporter de le voir, lui par qui je savais qu'elle avait souffert... Je me cachai... pendant quatre jours je ne sortis pas de l'appartement, ni l'un ni l'autre ne quitta la maison... Afin que je pusse fuir, son amant m'avait retenu, sous un faux nom, une place à bord d'un navire... Comme un voleur, je me suis glissé la nuit sur le pont pour que personne ne me reconnût... J'ai tout abandonné de ce que je possédais... Ma maison et mon travail de sept années, tous mes biens, tout est laissé à qui veut le prendre... et les chefs du gouvernement m'ont sans doute déjà rayé des cadres de l'administration... pour avoir quitté mon poste sans congé... Mais je ne pouvais plus vivre dans cette maison, dans cette ville, dans ce monde où tout me la rappelle... Comme un voleur, j'ai fui en pleine nuit... rien que pour lui échapper... rien que pour oublier...

« Mais... comme j'arrivais à bord... la nuit... à minuit... mon ami m'accompagnait... à ce moment-là... à ce moment-là... ils étaient justement en train de hisser avec la grue quelque chose... de rectangulaire et noir... son cercueil... entendez-vous : son cercueil... Elle m'avait poursuivi jusqu'ici, comme je la poursuivis... et je devais assister à cette scène en feignant d'être un étranger, car il était là, son mari... Il accompagne le cercueil jusqu'en Angleterre... peut-être veut-il, là-bas, faire autopsier le corps... il s'est emparé d'elle... À présent, elle lui appartient à nouveau... elle n'est plus à nous... à nous deux... Mais je suis toujours là... jusqu'au dernier moment, je la suivrai... Il ne découvrira jamais rien, il le faut... Je saurai défendre son secret contre toute tentative... contre ce coquin devant qui elle a fui dans la mort... Il n'apprendra rien, rien... Son secret m'appartient, à moi, à moi seul...

«Saisissez-vous... saisissez-vous maintenant... pourquoi je ne peux pas voir les hommes... je ne peux entendre leurs rires... quand ils flirtent et se réunissent par couples... Là, en bas... parmi les marchandises, entre les balles de thé et les noix du Brésil se trouve son cercueil... Il m'est impossible d'y accéder, c'est fermé... mais je le sais, tous mes sens me le crient, et je ne l'oublie pas une seconde... même lorsqu'ici, ils jouent des valses et des tangos... C'est stupide, la mer roule ses vagues sur des millions de morts, sous chaque pied de terre que l'on foule pourrit un cadavre... mais cependant je ne peux pas, je ne peux pas supporter leurs bals masqués et leurs rires si lubriques... Cette morte, je la vois et je sais ce qu'elle veut de moi... je le sais, il me reste un devoir... je ne suis pas encore à la fin... Son secret n'est pas encore sauvé... elle ne m'a pas encore libéré...»

Un bruit parvint du milieu du navire, des pas traînaient et claquaient : les matelots commençaient à laver le pont. Il sursauta comme pris en faute : son visage tendu prit un air angoissé. Il se leva et murmura : «Je m'en vais... je m'en vais.»

Il faisait peine à voir avec son regard désolé, ses yeux boursouflés et rougis par la boisson ou les larmes. Il refusait ma sympathie : je sentais dans son air humilié la honte, la honte infinie de s'être trahi en me parlant, dans la nuit. Involontairement, je lui fis :

« Si vous me le permettez, j'irai vous voir, cet après-midi, dans votre cabine... »

Il me regarda — un rictus moqueur, dur, cynique contractant ses lèvres, et quelque chose de diabolique heurtait et déformait chaque mot :

« Aha... Votre fameux devoir d'aider... aha... Avec votre maxime, vous êtes arrivé à me faire bavarder. Mais non, monsieur, je vous remercie. Ne croyez pas que ma souffrance soit allégée, maintenant que j'ai mis à nu et ouvert mes entrailles devant vous. Ma vie est bien gâchée, personne ne peut plus la réparer... J'ai servi inutilement l'honorable gouvernement hollandais... Ma pension est perdue, je rentre en Europe, pauvre comme un chien... un chien qui se lamente derrière un cercueil... Un amok ne se lance pas impunément dans sa course ; à la fin, quelqu'un l'abat, et je serai bientôt à la fin... Non, monsieur, je vous remercie de votre amabilité... J'ai dans ma cabine des compagnons... quelques bonnes vieilles bouteilles de whisky, qui souvent me consolent, et puis mon ami d'autrefois, vers lequel je ne me suis malheureusement pas tourné à temps, mon brave browning... dont l'aide, finalement, est plus efficace que tous les bavardages... Je vous en prie, ne vous donnez pas la peine... l'unique droit qui reste à un homme n'est-il pas de crever comme il veut... et de plus sans subir l'ennui d'une assistance étrangère ? »

Il me regarda encore une fois avec ironie... d'un air provocant, même ; mais je le sentais : ce n'était

que de la honte, sa honte sans borne. Puis il rentra
les épaules, me tourna le dos sans saluer, et d'un
pas lourd, singulièrement incertain, il prit la
direction des cabines en traversant le pont déjà
éclatant de lumière. Je ne l'ai plus revu. En vain
l'ai-je cherché le soir et la nuit suivante à sa place
habituelle. Il resta disparu, et j'aurais pu croire à
un rêve ou à une apparition fantastique si, entre-
temps, un autre passager portant un crêpe au bras
n'eût attiré mon attention, un riche négociant
hollandais qui, comme on me le confirma, venait
de perdre sa femme d'une maladie tropicale. Je le
voyais aller et venir à l'écart du monde, grave et
tourmenté, et la pensée que j'étais renseigné sur
ses soucis les plus intimes me causait une crainte
mystérieuse ; quand il passait, je me détournais
toujours pour ne pas trahir par un regard que j'en
savais plus que lui-même sur sa destinée.

Au port de Naples se produisit alors ce curieux
événement dont l'explication, je crois, se trouve
dans le récit de l'étranger. Le soir, la plupart des
passagers avaient quitté le bord, moi-même j'étais
allé à l'Opéra et ensuite dans un des cafés
lumineux de la *via Roma*. Lorsque nous rega-
gnions le navire en canot, je fus surpris de voir
quelques barques, éclairées par des torches et des
lampes à acétylène, faire le tour du vapeur en
cherchant, tandis qu'en haut, dans les ténèbres du
bord, des carabiniers et des policiers allaient et
venaient mystérieusement. Je demandai à un
matelot ce qui était arrivé. Il éluda ma question
d'une façon m'indiquant immédiatement qu'il
avait reçu l'ordre de se taire, et même le lendemain, lorsque le navire, son calme retrouvé et sans
la trace du moindre incident, se dirigea sur Gênes,

on ne put rien apprendre. Ce fut plus tard, dans les journaux italiens, qu'il me fut donné de lire le récit romanesque d'un prétendu accident arrivé au port de Naples. On devait, disaient-ils, transborder du navire dans un canot, en pleine nuit, pour ne pas inquiéter les passagers par un tel spectacle, le cercueil d'une grande dame des colonies néerlandaises, et l'on avait attendu la fin de toute animation sur le bâtiment. Alors qu'en présence du mari la bière glissait le long d'une échelle de corde, un corps lourd tomba soudain du haut du navire dans la mer, entraînant dans sa chute cercueil, porteurs et mari. Un journal affirmait qu'un fou s'était précipité sur l'échelle depuis la coupée ; un autre brodait en disant que la corde supportant un poids par trop lourd s'était rompue ; quoi qu'il en fût, la Compagnie de navigation semblait avoir bien pris ses mesures pour cacher les faits exacts. À l'aide de canots, et non sans difficultés, on était parvenu à sortir de l'eau, sains et saufs, les porteurs et le mari de la défunte ; par contre, le cercueil en plomb, ayant coulé immédiatement à fond, n'avait pu être retiré. La parution simultanée dans les journaux d'une autre et brève nouvelle annonçant qu'on avait repêché dans le port le cadavre d'un homme âgé d'environ quarante ans ne fut apparemment pas mis en relation par le public avec l'histoire romanesque du cercueil ; quant à moi il me sembla, à peine avais-je lu ces lignes rapides, que derrière mon journal se montraient soudain, encore une fois, le masque blême et les lunettes étincelantes d'un fantôme.

Cette chronique vibrante d'un amour fou est sans doute l'un des récits de Stefan Zweig les plus appréciés. C'est une « confidence crépusculaire » à l'état pur, et elle manifeste d'une manière paradoxale, qui en redouble la puissance d'émotion, combien la parole, malgré tout, libère. Parole ici féminine s'il en est, d'une Inconnue entrée dans nos mémoires.

Dans ce texte aussi, Zweig a fait appel à sa forme préférée, la « nouvelle enchâssée » : le vaste retour en arrière que constitue la lettre de l'inconnue est précédé d'une brève exposition (où l'on apprend dans quelles circonstances le manuscrit a été trouvé) et suivi d'un épilogue tout aussi concis (qui décrit l'impression produite sur le destinataire et, très subtilement, ramène le lecteur à un point de départ désormais lumineux). Et l'art avec lequel Zweig use de cette forme témoigne d'un grand raffinement. En effet, le lien qui unit le « récit encadré » au « récit-cadre » est régulièrement rappelé à l'esprit du lecteur, et ce, non seulement par des phrases où l'inconnue, interpellant l'homme de sa vie, se projette dans son présent, où, donc, il y a retour au temps du premier récit, mais aussi par des leitmotivs, fréquents, brefs et insistants (« mon

99

bien-aimé »), *ou plus espacés et donnant lieu à des variations assez élaborées (l'amorce étant fournie par la phrase* « *Mon enfant est mort hier* »), *qui sont une sorte de ponctuation musicale du texte.*

On trouve la même subtilité dans la façon dont l'œuvre progresse. En effet, à chaque extension du leitmotiv de départ correspond une nouvelle étape dans la révélation du « *secret* ». *D'abord intrigué par l'en-tête de la lettre (et mis un peu mal à l'aise par la tonalité morbide de la scène nocturne du début), le lecteur découvre bientôt l'amour fou que la jeune fille de treize ans a voué jadis à l'écrivain de vingt-cinq ans, sans le lui dévoiler, et que la femme adulte continue d'entretenir. Une telle passion possessive, dont tous les prolongements sont peu à peu distillés, rappelle l'attachement d'Edgar pour le baron (dans* Brûlant Secret*) et préfigure celui de Roland pour le professeur (dans* La Confusion des sentiments*), de sorte qu'on pourrait voir dans la* Lettre d'une inconnue *une sorte de transition entre les amours adolescentes décrites dans le recueil intitulé* Première Expérience *et les amours de l'âge mûr. Cela dit, cette passion, qui tire une bonne part de sa substance du mystère absolu dont elle s'entoure, présente d'indéniables aspects délirants, obsessionnels et pervers, ainsi qu'une tendance* « *fatale* » *à l'autodestruction. C'est donc plutôt avec deux autres nouvelles du même recueil,* Amok *et* La Ruelle au clair de lune*, que le rapprochement paraît s'imposer.*

La Lettre d'une inconnue*, qui est vite devenue une œuvre très populaire, a été adaptée pour le cinéma en 1943 (*Brief einer Unbekannten *de Hannu Leminen), puis en 1948 (*Letter from an Unknown Woman *de Max Ophüls, avec Joan Fontaine et Louis Jourdan).*

Lettre d'une Inconnue

★

Cette nouvelle a d'abord paru séparément en 1922 dans le grand quotidien viennois Neue Freie Presse *(numéro daté du 1ᵉʳ janvier). Elle portait alors comme titre* Der Brief einer Unbekannten *(et non pas, comme plus tard,* Brief einer Unbekannten*). Elle fut regroupée, la même année, avec d'autres nouvelles pour former le volume intitulé* Amok. Novellen einer Leidenschaft *(Amok. Nouvelles d'une passion) (Leipzig, Insel Verlag), (voir la notice de ce récit). Puis elle fit à nouveau l'objet d'une publication séparée, toujours en 1922, mais à Dresde (Lehmannsche Verlagshandlung, Deutsche Dichterhandschriften, tome 13).*

La traduction française, par Alzir Hella et Olivier Bournac, a paru en 1927 aux éditions Stock, dans un recueil intitulé Amok *où elle figurait entre la nouvelle-titre et* Les Yeux du frère éternel. *La composition de ce recueil fut modifiée en 1930 (cf. la notice d'*Amok*), la dernière nouvelle étant remplacée par* La Ruelle au clair de lune. *Réimpression en 1979.*

R..., le romancier à la mode, rentrait à Vienne de bon matin après une excursion de trois jours dans la montagne. Il acheta un journal à la gare ; ses yeux tombèrent sur la date, et il se rappela aussitôt que c'était celle de son anniversaire. « Quarante et un ans », songea-t-il, et cela ne lui fit ni plaisir ni peine. Il feuilleta sans s'arrêter les pages crissantes du journal, puis il prit un taxi et rentra chez lui. Son domestique, après lui avoir appris que pendant son absence il y avait eu deux visites et quelques appels téléphoniques, lui apporta son courrier sur un plateau. Le romancier regarda les lettres avec indolence et déchira quelques enveloppes dont les expéditeurs l'intéressaient. Tout d'abord, il mit de côté une lettre dont l'écriture lui était inconnue et qui lui semblait trop volumineuse. Le thé était servi ; il s'accouda commodément dans son fauteuil, parcourut encore une fois le journal et quelques imprimés ; enfin il alluma un cigare et prit la lettre qu'il avait mise de côté.

C'étaient environ deux douzaines de pages rédigées à la hâte, d'une écriture agitée de femme, un manuscrit plutôt qu'une lettre. Involontairement, il tâta encore une fois l'enveloppe pour voir s'il n'y avait pas laissé quelque lettre d'accompagnement. Mais l'enveloppe était vide et, comme les feuilles elles-mêmes, elle ne portait ni adresse d'expéditeur, ni signature. « C'est étrange », pensa-t-il, et il reprit les feuilles. Comme épigraphe ou comme titre, le haut de la première page portait ces mots : *À toi qui ne m'as jamais connue.* Il s'arrêta étonné. S'agissait-il de lui ? S'agissait-il d'un être imaginaire ? Sa curiosité s'éveilla. Et il se mit à lire.

Mon enfant est mort hier — trois jours et trois nuits, j'ai lutté avec la mort pour sauver cette petite et tendre existence ; pendant quarante heures je suis restée assise à son chevet, tandis que la grippe secouait son pauvre corps brûlant de fièvre. J'ai rafraîchi son front en feu ; j'ai tenu nuit et jour ses petites mains fébriles. Le troisième soir, j'étais à bout de forces. Mes yeux n'en pouvaient plus ; ils se fermaient d'eux-mêmes à mon insu. C'est ainsi que je suis restée trois ou quatre heures endormie sur ma pauvre chaise, et pendant ce temps, la mort a pris mon enfant. Maintenant il est là, le pauvre et cher petit, dans son lit étroit d'enfant, tout comme au moment de sa mort ; seulement, on lui a fermé les yeux, ses yeux sombres et intelligents ; on lui a joint les mains sur sa chemise blanche, et quatre cierges brûlent haut, aux quatre coins du lit. Je n'ose pas regarder ; je n'ose pas bouger, car, lorsque les flammes vacillent, des ombres glissent sur le visage et sur la bouche close, et il me semble que ses traits s'animent et je pourrais croire qu'il n'est pas mort, qu'il va se réveiller et, de sa voix claire, me dire quelques mots de tendresse enfantine. Mais je le sais, il est mort, et je ne veux plus

regarder, pour n'avoir plus encore à espérer et
pour n'être plus encore une fois déçue. Je le sais, je
le sais, mon enfant est mort hier — maintenant, je
n'ai plus que toi au monde, que toi qui ne sais rien
de moi et qui, à cette heure, joues peut-être, sans te
douter de rien, ou qui t'amuses avec les hommes et
les choses. Je n'ai que toi, toi qui ne m'as jamais
connue et que j'ai toujours aimé.

J'ai pris le cinquième cierge et je l'ai posé ici sur
la table, sur laquelle je t'écris. Car je ne peux pas
rester seule avec mon enfant mort, sans crier de
toute mon âme. Et à qui pourrais-je m'adresser, à
cette heure effroyable, sinon à toi, toi qui as été
tout pour moi et qui l'es encore ? Je ne sais si je
m'exprime assez clairement, peut-être ne me
comprends-tu pas ? — ma tête est si lourde ; mes
tempes battent et bourdonnent ; mes membres me
font si mal. Je crois que j'ai la fièvre ; et peut-être
aussi la grippe[1], qui maintenant rôde de porte en
porte, et cela vaudrait mieux, car ainsi je partirais
avec mon enfant, et je ne serais pas obligée de me
faire violence. Parfois un voile sombre passe
devant mes yeux ; peut-être ne serai-je même pas
capable d'achever cette lettre ; mais je veux
recueillir toutes mes forces pour te parler une fois,
rien que cette seule fois, ô mon bien-aimé, toi qui
ne m'as jamais connue.

C'est à toi seul que je veux m'adresser ; c'est à
toi que, pour la première fois, je dirai tout ; tu
connaîtras toute ma vie, qui a toujours été à toi et
dont tu n'as jamais rien su. Mais tu ne connaîtras
mon secret que lorsque je serai morte, quand tu
n'auras plus à me répondre, quand ce qui mainte-

---

1. *la grippe* : il faut rappeler l'épidémie mondiale de grippe qui fit en
tout vingt millions de morts, quelques années seulement avant la
publication du présent récit, en 1922.

nant fait passer dans mes membres à la fois tant de glace et tant de feu m'aura définitivement emportée. Si je dois survivre, je déchirerai cette lettre, et je continuerai à me taire, comme je me suis toujours tue. Mais si elle arrive entre tes mains, tu sauras que c'est une morte qui te raconte sa vie, sa vie qui a été à toi, de sa première à sa dernière heure de conscience. N'aie pas peur de mes paroles : une morte ne réclame plus rien ; elle ne réclame ni amour, ni compassion, ni consolation. La seule chose que je te demande, c'est que tu croies tout ce que va te révéler ma douleur qui se réfugie vers toi. Crois tout ce que je te dis, c'est la seule prière que je t'adresse ; on ne ment pas à l'heure de la mort de son unique enfant.

Je veux te révéler toute ma vie, cette vie qui véritablement n'a commencé que du jour où je t'ai connu. Auparavant, ce n'était qu'une chose trouble et confuse, dans laquelle mon souvenir ne se replongeait jamais ; c'était comme une cave où la poussière et les toiles d'araignée recouvraient des objets et des êtres aux vagues contours, et dont mon cœur ne sait plus rien. Lorsque tu arrivas, j'avais treize ans, et j'habitais dans la maison que tu habites encore, dans cette maison où tu tiens maintenant entre tes mains cette lettre, mon dernier souffle de vie ; j'habitais sur le même palier, précisément en face de la porte de ton appartement. Tu ne te souviens certainement plus de nous, de la pauvre veuve d'un fonctionnaire des finances (elle était toujours en deuil) et de sa maigre adolescente ; nous vivions tout à fait retirées et comme perdues dans notre médiocrité de petits-bourgeois. Tu n'as peut-être jamais connu notre nom, car nous n'avions pas de plaque sur notre porte, et personne ne venait nous voir, personne ne venait nous demander. C'est qu'il y a si longtemps déjà, quinze à seize ans ! Certainement tu ne te le rappelles plus, mon bien-aimé ; mais moi, oh ! je me souviens passionnément du moindre détail ; je sais encore, comme si c'était hier, le jour et même l'heure où j'entendis parler de toi pour la première fois, où pour la première fois je te vis, et comment en serait-il autrement puisque c'est alors que l'univers s'est ouvert pour moi ? Permets, mon bien-aimé, que je te raconte tout, tout depuis le commencement ; daigne, je t'en supplie, ne pas te fatiguer d'entendre parler de moi pendant un quart d'heure, moi qui, toute une vie, ne me suis pas fatiguée de t'aimer.

Avant ton arrivée dans notre maison, habitaient derrière ta porte de méchantes gens, haïssables et querelleurs. Pauvres comme ils étaient, ce qu'ils détestaient le plus, c'étaient leurs voisins indigents, nous-mêmes, parce que nous ne voulions rien avoir de commun avec leur vulgarité grossière de déclassés. L'homme était un ivrogne ; il battait sa femme ; souvent nous étions réveillés dans la nuit par le vacarme des chaises renversées et des assiettes brisées ; une fois, la femme frappée jusqu'au sang, les cheveux en désordre, courut dans l'escalier ; l'ivrogne cria derrière elle jusqu'à ce que les voisins, sortis de chez eux, l'aient menacé d'aller chercher la police. Ma mère avait, de prime abord, évité toute relation avec eux, et elle me défendait de parler aux enfants qui se vengeaient sur moi en toute occasion. Quand ils me rencontraient dans la rue, ils criaient derrière moi des mots orduriers, et un jour ils me lancèrent des boules de neige si dures que mon front en fut ensanglanté. Toute la maison haïssait d'un instinct unanime ces gens-là, et lorsqu'un jour ils eurent une histoire fâcheuse (je crois que l'homme fut emprisonné pour vol) et qu'ils furent obligés de vider les lieux, nous respirâmes tous. Pendant quelques jours l'écriteau "À louer" fut accroché à la porte de l'immeuble, puis il fut enlevé, et on apprit vite par le concierge qu'un écrivain, un monsieur seul et tranquille, avait pris l'appartement. C'est alors que j'entendis prononcer ton nom pour la première fois.

Au bout de quelques jours vinrent des peintres, des décorateurs, des plâtriers, des tapissiers, pour remettre en état l'appartement quitté par ses crasseux occupants ; ce n'étaient que coups de marteaux, que bruits d'outils, de nettoyage et de grattage ; mais ma mère n'en était nullement gênée, car elle disait qu'enfin les méchantes scènes de ménage d'à côté étaient bien finies. Toi-même, je ne t'aperçus pas de tout le temps que dura le déménagement : tous les travaux étaient surveillés par ton domestique, ce domestique si bien stylé, petit, sérieux, les cheveux gris, qui dirigeait tout de haut avec des manières posées et assurées. Il nous en imposait à tous beaucoup, d'abord parce que, dans notre immeuble des faubourgs, un domestique bien stylé, sentant le grand monde, était quelque chose de tout nouveau, et ensuite parce qu'il était extraordinairement poli envers chacun, sans cependant se familiariser avec la valetaille et la traiter en camarade. Dès le premier jour, il salua respectueusement ma mère comme une dame, et même envers moi, qui n'étais qu'une gamine, il se montrait toujours affable et très sérieux. Lorsqu'il prononçait ton nom, c'était toujours avec une certaine révérence, une considération particulière : on se rendait compte aussitôt qu'il t'était attaché bien plus que les serviteurs ne le sont habituellement. Ah ! comme je l'ai aimé pour cela, le bon vieux Jean, bien que je l'enviasse d'être toujours autour de toi et de te servir !

Je te raconte tout cela, mon bien-aimé, toutes ces petites choses, ridicules presque, pour que tu comprennes comment, dès le début, tu as pu acquérir une telle autorité sur l'enfant craintive et timide que j'étais. Avant même que tu fusses entré dans ma vie, il y avait déjà autour de toi comme un nimbe, comme une auréole de richesse, d'étrangeté et de mystère : tous, dans le petit immeuble des faubourgs (les hommes qui mènent une vie étroite sont toujours curieux de toutes les nouveautés qui passent devant leur porte), nous attendions impatiemment ton arrivée. Et cette curiosité que tu m'inspirais, combien ne s'accrut-elle pas en moi, lorsqu'un après-midi, rentrant de l'école, je vis devant notre maison la voiture de déménagement ! La plupart des meubles, les plus lourds, avaient déjà été montés dans l'appartement, et maintenant on transportait les plus légers, l'un après l'autre. Je restai debout sur la porte pour pouvoir tout admirer, car ton mobilier était pour moi si étrange que je n'en avais jamais vu de semblable ; il y avait là des idoles hindoues, des sculptures italiennes, de grands tableaux très colorés, puis pour finir, vinrent des livres, si nombreux et si beaux que je n'aurais pu imaginer rien de pareil. On les entassait tous sur le seuil et là le domestique les prenait un à un et les époussetait soigneusement avec un plumeau. Je rôdais curieusement autour de la pile, qui montait toujours ; le domestique ne me repoussa pas, mais il ne m'encouragea pas non plus, de telle sorte que je n'osais en toucher aucun, bien que j'eusse aimé à palper le cuir moelleux d'un grand nombre d'entre eux. Je ne pus que regarder les titres, de côté, et craintivement ; il y avait parmi eux des livres français et anglais ; certains autres dans des langues qui m'étaient inconnues. Je crois que je les aurais tous contemplés pendant des heures, mais ma mère m'appela.

Toute la soirée je fus forcée de penser à toi, et pourtant je ne t'avais pas encore vu. Je ne possédais, moi, qu'une douzaine de livres bon marché et reliés en carton, tout usés, que j'aimais par-dessus tout et que je relisais sans cesse ; dès lors l'idée m'obséda de savoir comment pouvait bien être cet homme qui possédait et qui avait lu cette multitude de livres superbes, qui connaissait toutes ces langues, qui était à la fois si riche et si savant. Une sorte de respect surnaturel s'unissait pour moi à l'idée de tant de livres. Je cherchais à me représenter quelle était ta physionomie. Tu étais un homme âgé, avec des lunettes et une longue barbe blanche, semblable à notre professeur de géographie, seulement bien plus aimable, bien plus beau et plus doux ; je ne sais pas pourquoi j'en étais alors déjà certaine, mais tu devais être beau, même quand je pensais à toi comme à un homme âgé. Cette nuit-là, et sans te connaître encore, j'ai rêvé à toi pour la première fois.

Le lendemain tu vins t'installer, mais j'eus beau te guetter, je ne pus pas t'apercevoir ; ma curiosité ne fit que s'accroître. Enfin, le troisième jour, je te vis, et combien ma surprise fut profonde de constater que tu étais si différent de ce que j'avais cru, sans aucun rapport avec l'image de Dieu le Père que je m'étais puérilement figurée ! J'avais rêvé d'un bon vieillard à lunettes, et voici que c'était toi, toi, tout comme tu es aujourd'hui encore, toi l'immuable, sur qui les années glissent sans t'atteindre ! Tu portais un ravissant costume de sport, brun clair, et tu montais l'escalier en courant, avec ton incomparable agilité de jeune garçon, montant toujours deux marches à la fois. Tu avais ton chapeau à la main, et c'est ainsi qu'avec un étonnement indescriptible je contemplai ton visage plein de vie et de clarté, aux cheveux d'adolescent : véritablement je tressaillis de surprise en voyant combien tu étais jeune, joli, souple, svelte et élégant. Et ce n'est pas étonnant : dès cette première seconde, j'éprouvai très nettement ce que tout le monde comme moi éprouve à ton aspect, ce que l'on sent d'une manière unique et avec une sorte de surprise : il y a en toi deux hommes — un jeune homme ardent, gai, tout entier au jeu et à l'aventure, et, en même temps, dans ton art, une personnalité d'un sérieux implacable, fidèle au devoir, infiniment cultivée et raffinée. Je sentis inconsciemment ce que tout le monde devina lorsqu'on te connut : que tu mènes une double vie, une vie dont une face claire est franchement tournée vers le monde, et l'autre, plongée dans l'ombre, qui n'est connue que de toi seul. Cette profonde dualité, le secret de ton existence, cette enfant de treize ans magiquement fascinée par toi l'a sentie au premier coup d'œil.

Tu comprends déjà, mon bien-aimé, quelle merveille, quelle attirante énigme tu devais être pour moi... pour moi, une enfant. Un être que l'on vénérait parce qu'il écrivait des livres, parce qu'il était célèbre dans le vaste monde, le découvrir tout à coup sous les traits d'un jeune homme de vingt-cinq ans, élégant et d'une gaieté d'adolescent ? Dois-je te dire encore qu'à partir de ce jour-là, dans notre maison, dans tout mon pauvre univers d'enfant, rien ne m'intéressa plus, si ce n'est toi, et que, avec tout l'entêtement et toute l'obsédante ténacité d'une fillette de treize ans, je n'eus plus qu'une seule préoccupation : tourner autour de ta

vie et de ton existence! Je t'observais, j'observais
tes habitudes, j'observais les gens qui venaient
chez toi; et tout cela, au lieu de diminuer la
curiosité que tu m'inspirais, ne faisait que l'accroître, car le caractère double de ton être s'exprimait
parfaitement dans la diversité de ces visites. Il
venait de jeunes hommes, tes camarades, avec
lesquels tu riais et tu étais exubérant, des étu-
diants à la mise modeste, et puis des dames qui
arrivaient dans des automobiles, une fois même le
directeur de l'Opéra[1], le grand chef d'orchestre
que je n'avais aperçu que de loin, à son pupitre, et
dont la vue m'emplissait de respect, et puis aussi
de petites gamines qui allaient encore à l'école de
commerce et qui se glissaient avec embarras à
travers la porte: en somme, beaucoup de femmes.
Cela ne signifiait pour moi rien de particulier,
même pas lorsque, un matin en partant pour
l'école, je vis sortir de chez toi une dame toute
voilée: je n'avais alors que treize ans, et la
curiosité passionnée avec laquelle je t'épiais et te
guettais, ne savait pas encore, tellement j'étais
enfant, que c'était déjà de l'amour.

Mais je sais aujourd'hui encore exactement,
mon bien-aimé, le jour et l'heure où je m'attachai
à toi entièrement et pour toujours. J'avais fait une
promenade avec une camarade d'école, et nous
étions en train de parler devant la porte. Une
automobile arriva à toute vitesse; elle s'arrêta et,
avec ton allure impatiente et comme élastique, qui
à présent encore me ravit toujours, tu sautas du

1. *Le directeur de l'Opéra*: entre 1918 et 1924, c'est Richard Strauss,
le grand compositeur qui, après la mort en 1929 de son librettiste
d'élection, Hugo von Hofmannsthal, allait demander un livret à Zweig:
La Femme silencieuse, d'après Ben Jonson, opéra qui fut créé à Dresde
en 1936 (et en l'absence de Zweig, alors en exil à Londres). Curieuse
péripétie musicalo-politique de la machine nazie...

marchepied et tu te dirigeas vers la porte. Je ne sais quelle puissance inconsciente me poussa à aller t'ouvrir; je croisai tes pas; nous nous heurtâmes presque. Tu me regardas de ce regard chaud, doux et enveloppant qui était comme une tendresse; tu me souris d'une manière que je ne puis qualifier autrement que de tendre, et tu me dis d'une voix fine et presque familière: «Merci beaucoup, mademoiselle.»

Ce fut tout, mon bien-aimé. Mais depuis cette seconde, depuis que j'eus senti sur moi ce regard doux et tendre, je fus tout entière à toi. Je me suis rendu compte plus tard — ah! je m'en rendis compte bientôt — que ce regard rayonnant, ce regard exerçant autour de toi comme une aimantation, ce regard qui à la fois vous enveloppe et vous déshabille, ce regard du séducteur né, tu le prodigues à toute femme qui passe près de toi, à toute employée de magasin qui te vend quelque chose, à toute femme de chambre qui t'ouvre la porte; chez toi ce regard n'a rien de conscient, il n'y a en lui ni volonté, ni attachement; c'est que ta tendresse pour les femmes, tout inconsciemment, donne un air doux et chaud à ton regard, lorsqu'il se tourne vers elles. Mais moi, une enfant de treize ans, je n'avais pas idée de ce trait de ton caractère: je fus comme plongée dans un fleuve de feu. Je crus que cette tendresse n'était que pour moi, pour moi seule; cette unique seconde suffit à faire une femme de l'adolescente que j'étais, et cette femme fut à toi pour toujours.

«Qui est-ce?» demanda mon amie. Je ne pus pas lui répondre tout de suite. Il me fut impossible de dire ton nom. Dès cette première, cette unique seconde, il m'était sacré, il était devenu mon secret. «Bah! un monsieur qui habite ici dans la maison», balbutiai-je ensuite maladroitement.

— « Pourquoi donc es-tu devenue si rouge lorsqu'il t'a regardée ? » railla mon amie, avec toute la malice d'une enfant curieuse. Et, précisément parce que je sentais que sa moquerie s'adressait à mon secret, le sang me monta aux joues avec encore plus de chaleur. La gêne où j'étais me rendit grossière : « Petite dinde ! » criai-je brutalement ; j'aurais voulu l'étrangler. Mais elle se mit à rire plus fort et d'une façon plus moqueuse ; je sentis les larmes me venir aux yeux de colère impuissante. Je la laissai là et je montai chez moi en courant.

C'est depuis cette seconde que je t'ai aimé. Je sais que les femmes t'ont souvent dit ce mot, à toi leur enfant gâté. Mais crois-moi, personne ne t'a aimé aussi fort, comme une esclave, comme un chien, avec autant de dévouement que cet être que j'étais alors et que pour toi je suis toujours restée. Rien sur la terre ne ressemble à l'amour inaperçu d'une enfant retirée dans l'ombre ; cet amour est si désintéressé, si humble, si soumis, si attentif et si passionné que jamais il ne pourra être égalé par l'amour fait de désir et malgré tout exigeant, d'une femme épanouie. Seuls les enfants solitaires peuvent garder pour eux toute leur passion : les autres dispersent leur sentiment dans des bavardages et l'émoussent dans des confidences ; ils ont beaucoup entendu parler de l'amour, ils l'ont retrouvé dans les livres, et ils savent que c'est une loi commune. Ils jouent avec lui comme avec un hochet ; ils en tirent vanité, comme un garçon de sa première cigarette. Mais moi, je n'avais personne à qui me confier, je n'avais personne pour m'instruire et m'avertir, j'étais inexpérimentée et ignorante : je me précipitai dans mon destin comme dans un abîme. Tout ce qui montait et s'épanouissait dans mon être ne connaissait que

toi, ne savait que rêver de toi et te prendre pour
confident. Mon père était mort depuis longtemps;
ma mère m'était étrangère, avec son éternelle
tristesse, son accablement et ses soucis de veuve
qui n'a que sa pension pour vivre; les jeunes filles
de l'école, à demi perverties déjà, me répugnaient
parce qu'elles jouaient légèrement avec ce qui
était pour moi la passion suprême. Aussi tout ce
qui ailleurs se partage et se divise ne forma en moi
qu'un bloc, et tout mon être, concentré en lui-
même et toujours bouillonnant d'une ardeur
inquiète, se tourna vers toi. Tu étais pour moi —
comment dirai-je? toute comparaison serait trop
faible — tu étais précisément tout pour moi, toute
ma vie. Rien n'existait que dans la mesure où cela
se rapportait à toi; rien dans mon existence
n'avait de sens que si cela me rapprochait de toi.
Tu métamorphosas toute ma façon de vivre.
Jusqu'alors indifférente et médiocre à l'école, je
devins tout d'un coup la première de la classe; je
lisais des centaines de livres et très tard dans la
nuit, parce que je savais que tu aimais les livres;
je commençai brusquement, au grand étonnement
de ma mère, à m'exercer au piano avec une
persévérance presque inconcevable, parce que je
croyais que tu aimais la musique. Je ravaudai
mes vêtements et j'eus soin de ma parure uniquement pour avoir un air plaisant et propre à tes
yeux; et l'idée que ma vieille blouse de classe
(c'était la transformation d'une robe d'intérieur de
ma mère) avait du côté gauche un carré d'étoffe
rapporté, cette idée m'était odieuse. Si par hasard
tu allais la remarquer, si tu me méprisais! C'est
pourquoi je tenais toujours ma serviette serrée,
quand je montais les escaliers en courant, tremblante de peur que tu ne l'aperçoives. Mais comme

c'était insensé, car jamais, presque jamais plus tu ne m'as regardée!

Et cependant, à vrai dire, je passais mes journées à t'attendre et à te guetter. Il y avait à notre porte une petite lunette de cuivre jaune par le trou rond de laquelle on pouvait voir ce qui se passait de l'autre côté, devant chez toi. Cette lunette — non, ne souris pas, mon bien-aimé; aujourd'hui encore je n'ai pas honte de ces heures-là! — cette lunette était pour moi l'œil avec lequel j'explorais l'univers; là, pendant des mois et des années, dans le vestibule glacial, craignant la méfiance de ma mère, j'étais assise un livre à la main, passant des après-midi entiers à guetter, tendue comme une corde de violon, et vibrante comme elle quand ta présence la touchait. J'étais toujours occupée de toi, toujours en attente et en mouvement; mais tu pouvais aussi peu t'en rendre compte que de la tension du ressort de la montre que tu portes dans ta poche, et qui compte et mesure patiemment dans l'ombre tes heures et accompagne tes pas d'un battement de cœur imperceptible, alors que ton hâtif regard l'effleure à peine une seule fois parmi des millions de tic-tac toujours en éveil. Je savais tout de toi, je connaissais chacune de tes habitudes, chacune de tes cravates, chacun de tes costumes; je repérai et je distinguai bientôt chacun de tes visiteurs, et je les répartis en deux catégories: ceux qui m'étaient sympathiques et ceux qui m'étaient antipathiques; de ma treizième à ma seizième année, il ne s'est pas écoulé une heure que je n'aie vécue pour toi. Ah! quelles folies n'ai-je pas commises alors! Je baisais le bouton de la porte que ta main avait touché, je dérobais furtivement le mégot de cigarette que tu avais jeté avant d'entrer, et il était sacré pour moi parce que tes lèvres l'avaient effleuré. Cent fois le soir, sous n'importe quel prétexte, je descendais dans la rue, pour voir dans laquelle de tes chambres il y avait de la lumière et ainsi sentir d'une manière plus concrète ta présence, ton invisible présence. Et, pendant les semaines où tu étais en voyage — mon cœur s'arrêtait toujours de crainte, quand je voyais le brave Johann descendre ton sac de voyage jaune — pendant ces semaines-là ma vie était morte, sans objet. J'allais et venais, de mauvaise humeur, avec ennui et méchanceté, et il fallait toujours veiller pour que ma mère ne remarquât pas mon désespoir à mes yeux rougis de larmes.

Je sais que je te raconte là de grotesques exaltations et de puériles folies. Je devrais en avoir honte, mais non, je n'en ai pas honte, car jamais mon amour pour toi ne fut plus pur et plus passionné que dans ces excès enfantins. Pendant des heures, pendant des journées entières je pourrais te raconter comment j'ai vécu alors avec toi, avec toi qui connaissais à peine mon visage car, lorsque je te rencontrais sur l'escalier et qu'il n'y avait pas moyen de t'éviter, par peur de ton regard brûlant, je passais devant toi en courant, tête baissée, comme quelqu'un qui va se jeter à l'eau pour échapper au feu. Pendant des heures, pendant des journées, je pourrais te raconter ces années depuis longtemps oubliées de toi; je pourrais dérouler tout le calendrier de ta vie; mais je ne veux pas t'ennuyer, je ne veux pas te tourmenter. Je veux simplement te révéler encore le plus bel événement de mon enfance, et je te prie de ne pas te moquer de son insignifiance, car pour moi qui étais une enfant, ce fut un infini. Ce devait être un dimanche; tu étais en voyage et ton domestique traînait les lourds tapis qu'il venait de battre, à travers la porte ouverte de ton appartement. Il avait de la peine à les porter, le bon vieux et, dans un accès d'audace, j'allai à lui et lui demandai si je ne pourrais pas l'aider. Il fut surpris, mais il me laissa faire, et c'est ainsi que je vis — ah! je voudrais te dire avec quelle respectueuse et pieuse dévotion! — l'intérieur de ton appartement, ton univers, la table à laquelle tu t'asseyais pour écrire et sur laquelle il y avait quelques fleurs, dans un vase de cristal bleu, tes meubles, tes tableaux, tes livres. Ce ne fut qu'un fugitif et furtif regard dans ta vie, car le fidèle Johann m'aurait certainement interdit de regarder de trop près; mais ce regard me suffit pour absorber toute l'atmosphère, et il me fournit une nourriture suffisante pour rêver infiniment à toi dans mes veilles et dans mon sommeil.

Cette rapide minute fut la plus heureuse de mon enfance. J'ai voulu te la raconter afin que toi, qui ne me connais pas, tu commences enfin à comprendre comment une vie s'est attachée à toi jusqu'à s'y anéantir. J'ai voulu te la raconter, avec cette autre encore, cette heure terrible qui malheureusement fut si voisine de la première. J'avais, comme je te l'ai déjà dit, tout oublié pour toi; je ne m'occupais pas de ma mère et je ne me souciais de personne. Je ne remarquais pas qu'un monsieur d'un certain âge, un commerçant d'Innsbruck, qui était par alliance parent éloigné de ma mère, venait souvent la voir et restait longuement; au contraire, c'était pour moi un plaisir, car il menait souvent Maman au théâtre, et ainsi je pouvais être seule, penser à toi et te guetter, ce qui était ma plus haute, mon unique béatitude. Or un jour, ma mère m'appela dans sa chambre avec une certaine gravité, en me disant qu'elle avait à me parler sérieusement. Je devins pâle et mon cœur se mit soudain à battre très fort:

se douterait-elle de quelque chose? Aurait-elle
deviné? Ma première pensée fut pour toi, toi le
secret par lequel j'étais reliée à l'univers. Mais ma
mère elle-même était embarrassée; elle m'embrassa tendrement (ce qu'elle ne faisait jamais),
une fois, deux fois; elle m'attira près d'elle sur le
canapé et commença alors à raconter, en hésitant
et d'un air timide, que son parent, qui était veuf,
lui avait adressé une demande en mariage et
qu'elle était décidée, principalement à cause de
moi, à l'accepter. Le sang me monta au cœur avec
plus de violence: une seule pensée répondit dans
mon for intérieur, pensée toute tournée vers toi.
«Mais au moins, nous restons ici? pus-je à peine
balbutier encore. Non, nous allons à Innsbruck;
Ferdinand a une belle villa là-bas.» Je n'en
entendis pas davantage; mes yeux s'obscurcirent.
Ensuite j'appris que je m'étais évanouie; j'entendis ma mère raconter tout bas à mon beau-père qui
avait attendu derrière la porte, que j'avais reculé
soudain en étendant les mains, pour m'abattre
alors comme une masse de plomb. Ce qui se passa
les jours suivants et comment moi, une faible
enfant, je me débattis contre leur volonté prépon-
dérante, je ne puis pas te le raconter: rien que d'y
penser, ma main tremble encore en t'écrivant.
Comme je ne pouvais pas révéler mon véritable
secret, ma résistance parut n'être que de l'entêtement, de la méchanceté et du défi. Personne ne me
dit plus rien; tout se fit à mon insu. On utilisa les
heures où j'étais à l'école pour s'occuper du
déménagement: quand je rentrais à la maison, il
y avait toujours quelque nouvelle chose d'évacuée
ou de vendue. Je vis ainsi l'appartement s'en aller
pièce par pièce, et ma vie en même temps; enfin,
un jour que je rentrais pour déjeuner, je constatai
que les déménageurs étaient venus et qu'ils

119

avaient tout emporté. Dans les chambres vides se trouvaient les malles prêtes à partir, ainsi que deux lits de camp pour ma mère et pour moi : nous devions dormir là encore une nuit, la dernière, et le lendemain partir pour Innsbruck.

Au cours de cette dernière journée, je sentis avec une résolution soudaine que je ne pouvais pas vivre hors de ton voisinage. Je ne vis d'autre salut que toi. Je ne pourrai jamais dire comment cette idée me vint et si vraiment je fus capable de penser avec netteté dans ces heures de désespoir ; mais brusquement (ma mère était sortie) je me levai et, telle que j'étais, en costume d'écolière, j'allai vers toi. Ou plutôt non, le mot « aller » n'est pas exact : c'est plutôt une force magnétique qui me poussa vers ta porte, les jambes raidies et les articulations tremblantes. Je viens de te le dire, je ne savais pas clairement ce que je voulais : me jeter à tes pieds et te prier de me garder comme servante, comme esclave ; et je crains bien que tu ne souries de ce fanatisme innocent d'une jeune fille de quinze ans ; mais mon bien-aimé, tu ne sourirais plus si tu savais dans quel état je me trouvais alors, dehors dans le couloir glacial, roidie par la peur et cependant poussée en avant par une force inimaginable et comment j'arrachai, pour ainsi dire, de mon corps mon bras tremblant, de telle sorte qu'il se leva et (ce fut une lutte qui dura pendant l'éternité de secondes atroces) qu'un doigt pressa le bouton de la porte. Encore aujourd'hui j'ai dans l'oreille le bruit strident de la sonnette, puis le silence qui suivit, tandis que mon cœur s'arrêtait et que, mon sang ne circulant plus, je guettais seulement si tu allais venir.

Mais tu ne vins pas. Personne ne vint. Tu étais sans doute sorti cet après-midi, et Johann était allé faire quelque course; et ainsi je revins en titubant (avec, dans mes bourdonnantes oreilles, le son de la sonnette) dans notre appartement bouleversé et évacué, et je me jetai, épuisée, sur une couverture de voyage, aussi fatiguée de ces quatre pas que si j'eusse marché pendant des heures à travers une épaisse neige. Mais sous cet épuisement brûlait encore la résolution toujours vivace de te voir et de te parler avant qu'on m'arrachât de ces lieux. Il n'y avait là, je te le jure, aucune pensée sensuelle; j'étais encore ignorante, précisément parce que je ne pensais à rien d'autre qu'à toi: je voulais simplement te voir, te voir encore une fois, me cramponner à toi. Toute la nuit, toute cette longue et effroyable nuit, mon bien-aimé, je t'ai attendu. À peine ma mère fut-elle au lit et fut-elle endormie que je me glissai dans le vestibule pour t'entendre rentrer. Toute la nuit j'ai attendu, et c'était une nuit glacée de janvier. J'étais fatiguée, mes membres me faisaient mal, il n'y avait plus de siège pour m'asseoir: alors je m'étendis sur le parquet froid où passait le courant d'air de la porte. Je restai ainsi étendue, glacée et le corps meurtri, n'ayant sur moi que mon mince vêtement, car je n'avais pas pris de couverture; je ne voulais pas avoir trop chaud par crainte de m'endormir et de ne pas entendre ton pas. Quelle douleur j'éprouvais! Je pressais convulsivement mes pieds l'un contre l'autre, mes bras tremblaient, et j'étais sans cesse obligée de me lever, tellement il faisait froid dans cette atroce obscurité. Mais je t'attendais, je t'attendais, je t'attendais comme mon destin.

Enfin (il était déjà sans doute deux ou trois heures du matin), j'entendis en bas la porte de la rue s'ouvrir et puis des pas qui montaient l'escalier. Le froid m'avait brusquement quittée, une

vive chaleur s'empara de moi, et j'ouvris doucement la porte pour me précipiter vers toi et pour
me jeter à tes pieds... Ah! je ne sais vraiment pas
ce que, folle enfant, j'aurais fait alors. Les pas se
rapprochèrent, la lumière d'une bougie vacilla
dans l'escalier. Je tenais en tremblant le loquet de
la porte: était-ce bien toi qui venais ainsi?

Oui, c'était toi, mon bien-aimé — mais tu n'étais
pas seul. J'entendis un rire léger et joyeux, le frou-
frou d'une robe de soie et ta voix qui parlait bas.
Tu rentrais chez toi avec une femme...

Comment j'ai pu survivre à cette nuit, je ne le
sais pas. Le lendemain matin, à huit heures, on
m'emmena à Innsbruck; je n'avais plus de force
pour résister.

Mon enfant est mort la nuit dernière — désormais je serai seule de nouveau, si vraiment je dois
vivre encore. Demain viendront des hommes
inconnus, grossiers, habillés de noir, et ils apporteront un cercueil, et ils y mettront mon pauvre,
mon unique enfant. Peut-être viendra-t-il aussi
des amis qui apporteront des couronnes, mais que
font des fleurs sur un cercueil? Ils me consoleront,
ils me diront des paroles, des paroles, mais à quoi
cela me servira-t-il? Je le sais, me voilà de
nouveau redevenue seule. Et il n'y a rien de plus
épouvantable que d'être seule parmi les hommes.
Je m'en suis rendu compte alors, durant ces deux
années interminables que j'ai passées à Innsbruck, ce temps compris entre ma seizième et ma
dix-huitième année, où j'ai vécu comme une
captive, une réprouvée au sein de ma famille. Mon
beau-père, homme très calme et parlant peu, était
bon pour moi; comme pour réparer une injustice

involontaire, ma mère se montrait docile à tous mes désirs ; des jeunes gens s'empressaient autour de moi, mais je les repoussais tous avec une obstination passionnée. Je ne voulais pas vivre heureuse et contente loin de toi, et je me plongeais dans un sombre univers fait de solitude et de tourments que je m'imposais moi-même. Les jolies robes neuves qu'on m'achetait, je ne les portais pas ; je me refusais à aller au concert et au théâtre, ou à prendre part à des excursions en joyeuse société. À peine si je sortais de la maison : croirais-tu, mon bien-aimé, que dans cette petite ville où j'ai vécu deux années, je ne connais pas dix rues ? J'étais en deuil et je voulais être en deuil ; je m'enivrais de chaque privation que j'ajoutais encore à la privation de ta vue. Bref, je ne voulais pas me laisser distraire de ma passion : vivre pour toi. Je restais assise chez moi ; pendant des heures, pendant des journées je ne faisais rien que penser à toi, y penser sans cesse, me remémorant toujours de nouveau les cent petits souvenirs que j'avais de toi, chaque rencontre et chaque attente, et toujours me représentant ces petits épisodes, comme au théâtre. Et c'est parce que j'ai évoqué ainsi d'innombrables fois chacune des secondes de mon passé que toute mon enfance est restée si brûlante dans ma mémoire, qu'aujourd'hui encore chaque minute de ces années-là revit en moi avec autant de chaleur et d'émotion que si c'était hier qu'elle eût fait tressaillir mon sang.

C'est pour toi seul que j'ai vécu alors. J'achetais tous tes livres ; quand ton nom était dans le journal, c'était pour moi un jour de fête. Croiras-tu que je sais par cœur chaque ligne de tes livres, tant je les ai lus et relus ? Si pendant la nuit on m'éveillait dans mon sommeil, si l'on prononçait devant moi une ligne détachée de tes livres, je pourrais aujourd'hui encore, aujourd'hui encore au bout de treize ans, la continuer, comme en un rêve ; car chaque mot de toi était pour moi un évangile et une prière. Le monde entier n'existait pour moi que par rapport à toi : je ne suivais dans les journaux de Vienne les concerts et les premières que dans la pensée de savoir lesquels d'entre eux pourraient t'intéresser, et quand le soir arrivait, je t'accompagnais de loin : maintenant il entre dans la salle, maintenant il s'assied. Mille fois j'ai rêvé cela, parce qu'une fois, une seule, je t'avais vu dans un concert.

Mais pourquoi te raconter tout cela, ce fanatisme furieux se déchaînant contre moi-même, ce fanatisme si tragiquement désespéré d'une enfant abandonnée ? Pourquoi le raconter à quelqu'un qui ne s'en est jamais douté, qui ne l'a jamais su ? Alors, pourtant, étais-je encore une enfant ? J'atteignis dix-sept ans, dix-huit ans ; les jeunes gens commencèrent à se retourner sur moi dans la rue ; mais ils ne faisaient que m'irriter. Car l'amour ou même seulement l'idée, par jeu, d'aimer quelqu'un d'autre que toi m'était inconcevable et complètement étrangère ; la tentation à elle seule m'aurait paru un crime. Ma passion pour toi resta la même ; seulement, elle se transformait avec mon corps ; à mesure que mes sens s'éveillaient, elle devenait plus ardente, plus physique, plus féminine. Et ce que l'enfant, dans sa volonté ignorante et confuse, l'enfant qui tira jadis la sonnette de ta porte, ne pouvait pas pressentir était maintenant mon unique pensée : me donner à toi, m'abandonner à toi.

Les gens qui étaient autour de moi pensaient que j'étais craintive et m'appelaient timide (je n'avais pas desserré les dents sur mon secret). Mais en moi se formait une volonté de fer. Toute ma pensée et tous mes efforts étaient tendus vers un seul but : revenir à Vienne, revenir près de toi. Et je réussis à imposer ma volonté, si insensée, si incompréhensible qu'elle pût paraître aux autres. Mon beau-père était riche, il me considérait comme son propre enfant. Mais avec un farouche entêtement, je persistai à vouloir gagner ma vie moi-même ; et je parvins enfin à revenir à Vienne, chez un parent, comme employée d'une grande maison de confections.

Est-il besoin de te dire où je me rendis d'abord, lorsque par un soir brumeux d'automne — enfin ! enfin ! — j'arrivai à Vienne ? Je laissai ma malle à la gare, je me précipitai dans un tramway — avec quelle lenteur il me semblait marcher ! Chaque arrêt m'exaspérait, — et je courus devant la maison. Tes fenêtres étaient éclairées, tout mon cœur battait violemment. C'est alors seulement que je retrouvai de la vie dans cette ville, dont jusqu'à ce moment tout le vacarme avait été pour moi si étranger, si vide de sens ; c'est alors seulement que je me repris à vivre, en me sentant près de toi, mon rêve de toujours. Je ne me doutais pas que je n'étais pas plus loin de ta pensée quand il y avait entre nous vallées, montagnes et rivières, qu'à cette heure où il n'y avait entre toi et mon regard brillant que la mince vitre éclairée de ta fenêtre. Je regardais là-haut, toujours là-haut : là il y avait de la lumière, là était la maison, là tu étais, toi mon univers. Pendant deux ans j'avais rêvé à cette heure ; maintenant il m'était donné de la vivre. Et toute la soirée, cette soirée d'automne nuageuse et douce, je restai devant tes fenêtres jusqu'à ce que la lumière s'éteignît. Ce n'est qu'ensuite que j'allai à la recherche de ma demeure.

Chaque soir, je revins devant ta maison. Jusqu'à six heures, je travaillais au magasin ; c'était un travail dur et éprouvant, mais je l'aimais, car cette agitation m'empêchait de ressentir la mienne avec autant de douleur. Et dès que le rideau de fer était baissé derrière moi, je courais tout droit à mon poste chéri. Te voir une seule fois, te rencontrer une seule fois, c'était mon unique désir ; pouvoir de nouveau embrasser de loin ton visage avec mon regard. Au bout d'une semaine cela se produisit, au moment où je m'y attendais le moins : pendant que j'observais tes fenêtres là-haut, tu vins à moi en traversant la rue. Et soudain je redevins l'enfant de treize ans que j'avais été ; je sentis le sang affluer à mes joues ; involontairement, malgré mon plus intime désir de voir tes yeux, je baissai la tête et je passai devant toi en courant, comme une bête traquée. Ensuite j'eus honte de cette fuite effarouchée de petite écolière, car maintenant ma volonté était bien claire : je voulais te rencontrer, je te cherchais, je voulais être connue de toi après tant d'années où mon attente était restée plongée dans l'ombre ; je voulais être appréciée de toi, je voulais être aimée de toi.

Mais pendant longtemps tu ne me remarquas pas, bien que chaque soir, même par la neige tourbillonnante et sous le vent brutal et incisif de Vienne, je fisse le guet dans la rue. Souvent j'attendis en vain pendant des heures ; souvent tu sortais enfin de chez toi accompagné par des visiteurs ; deux fois, je te vis aussi avec des femmes et, dès lors, je compris que j'avais grandi ; je sentis le caractère nouveau et différent de mon sentiment pour toi au brusque tressaillement de mon cœur, qui me déchira l'âme, lorsque je vis une femme étrangère marcher d'un pas si assuré à ton côté en te donnant le bras. Je n'étais pas surprise

puisque je connaissais déjà, depuis mes jours
d'enfance, tes éternelles visiteuses ; mais maintenant il se produisait en moi, tout à coup, comme
une douleur physique, et quelque chose se tendait
en moi, fait à la fois d'hostilité et d'envie, en
présence de cette évidente familiarité physique
avec une autre. Puérilement fière comme j'étais, et
comme peut-être je suis restée maintenant encore,
pendant une journée je me tins à l'écart ; mais
qu'elle fut atroce pour moi cette soirée vide, dans
l'orgueil et la révolte, passée sans voir ta maison !
Le lendemain soir, j'étais déjà revenue humblement à mon poste ; je t'attendais, je t'attendais
toujours, comme pendant toute ma destinée j'ai
attendu devant ta vie qui m'était fermée.

Et enfin, un soir, tu me remarquas. Je t'avais vu
venir de loin, et je concentrai toute ma volonté
pour ne pas m'écarter de ton chemin. Le hasard
voulut qu'une voiture qu'on déchargeait obstruât
la rue et tu fus obligé de passer tout près de moi.
Involontairement ton regard distrait se posa sur
moi, pour, aussitôt rencontrant l'attention du
mien — ah ! comme le souvenir me fit alors
tressaillir ! — devenir ce regard que tu as pour les
femmes, ce regard tendre, caressant et en même
temps pénétrant jusqu'à la chair, ce regard large
et déjà conquérant qui, pour la première fois, fit de
l'enfant que j'étais une femme et une amoureuse.
Pendant une ou deux secondes, ce regard fascina
ainsi le mien qui ne pouvait ni ne voulait
s'affranchir de son étreinte, — puis tu passas.
Mon cœur battait : malgré moi, je fus obligée de
ralentir mes pas et, comme je me retournais avec
une invincible curiosité, je vis que tu t'étais arrêté
et que tu me suivais des yeux. Et à la manière dont
tu m'observais, avec une curiosité intéressée, je

compris aussitôt que tu ne m'avais pas reconnue.

Tu ne me reconnus pas, ni alors, ni jamais : jamais tu ne m'as reconnue. Comment pourrais-je, ô mon bien-aimé, te décrire la désillusion de cette seconde ? Ce fut alors la première fois que je subis cette fatalité de ne pas être reconnue par toi, cette fatalité qui m'a suivie pendant toute ma vie et avec laquelle je meurs : rester inconnue, rester encore toujours inconnue de toi. Comment pourrais-je te la décrire, cette désillusion ? Car vois-tu, pendant ces deux années d'Innsbruck, où je pensais constamment à toi et où je ne faisais que songer à ce que serait notre première rencontre lorsque je serais retournée à Vienne, j'avais envisagé, suivant l'état de mon humeur, les perspectives les plus désolantes à côté des plus réjouissantes. J'avais, si je puis parler ainsi, tout parcouru en rêve ; je m'étais imaginé dans des moments de pessimisme, que tu me repousserais, que tu me dédaignerais parce que j'étais trop insignifiante, trop laide, trop importune. Toutes les formes possibles de ta défaveur, de ta froideur, de ton indifférence, je les avais toutes arpentées, dans des visions passionnées ; mais dans mes heures les plus noires, dans la conscience la plus profonde de ma nullité, je n'avais pas envisagé celle-ci, la plus épouvantable de toutes : que tu n'avais même pas fait la moindre attention à mon existence. Aujourd'hui, je le comprends bien — ah ! c'est toi qui m'as appris à le comprendre ! — le visage d'une jeune fille, d'une femme, est forcé-ment pour un homme un objet extrêmement variable ; le plus souvent, il n'est qu'un miroir où se reflète tantôt une passion, tantôt un enfantil-lage, tantôt une lassitude, et qu'il s'évanouit aussi facilement qu'une image dans une glace, que donc un homme peut perdre plus facilement le visage d'une femme parce que l'âge y modifie les ombres et la lumière, et que des modes nouvelles l'encadrent différemment. Les résignées, voilà celles qui ont la véritable science de la vie. Mais moi, la jeune fille que j'étais alors, je ne pouvais pas comprendre encore que tu m'eusses oubliée ; car je ne sais comment, à force de m'occuper de toi, incessamment et sans aucune mesure, une idée chimérique s'était formée en moi : que toi aussi, tu devais souvent te souvenir de moi et que tu m'attendais ; comment aurais-je pu respirer encore si j'avais eu la certitude que je n'étais rien pour toi, que jamais aucun souvenir de moi ne venait t'effleurer doucement ? Ce douloureux réveil devant ton regard qui me montrait que rien en toi ne me connaissait plus, que le fil d'aucun souvenir ne joignait ta vie à la mienne, ce fut pour moi une première chute dans la réalité, un premier pressentiment de mon destin.

Cette fois-là, tu ne me reconnus pas, et lorsque deux jours plus tard, dans une nouvelle rencontre, ton regard m'enveloppa avec une certaine familiarité, tu ne me reconnus pas encore comme celle qui t'avait aimé et que tu avais d'une certaine manière formée, mais simplement comme la jolie jeune fille de dix-huit ans qui, deux jours auparavant, au même endroit, avait croisé ton chemin. Tu me regardas avec une aimable surprise ; un léger sourire se joua autour de ta bouche. De nouveau, tu passas près de moi et tu ralentis aussitôt ta marche. Je me mis à trembler, je frémissais d'une joie muette. Si seulement tu m'adressais la parole ! Je sentis que pour la première fois j'existais pour toi ; moi aussi je ralentis le pas et je t'attendis. Et soudain, sans me retourner, je sentis que tu étais derrière moi ; je savais que maintenant, pour la première fois, j'allais entendre ta chère voix me parler. L'attente était en moi comme une paralysie, et je craignais d'être obligée de m'arrêter, tellement mon cœur battait fort. Tu étais parvenu à mon côté. Tu me parlas avec ta manière doucement enjouée, comme si nous étions depuis longtemps amis. Ah! tu n'avais pas la moindre idée de moi! Jamais tu n'as eu la moindre idée de ma vie! Tu me parlas avec une aisance si merveilleuse que je pus même te répondre. Nous marchâmes ensemble tout le long de la rue. Puis tu me demandas si je ne voulais pas dîner avec toi; j'acceptai. Qu'aurais-je osé te refuser?

Nous dînâmes ensemble dans un petit restaurant. Sais-tu encore où c'était? Mais non, car tu ne distingues certainement pas cette soirée de tant d'autres aventures semblables... en effet, qu'étais-je pour toi? Une femme entre cent, une aventure dans une chaîne d'aventures aux maillons innombrables. Et puis quel souvenir aurais-tu pu garder de moi? Je parlais très peu, parce que c'était pour moi un infini bonheur de t'avoir près de moi et de t'entendre me parler. Je ne voulais pas gaspiller un seul instant de ta conversation par une question ou par une sotte parole. Jamais ma gratitude n'oubliera cette heure. Tu répondis si bien à ce qu'attendait de toi ma vénération passionnée! Tu fus tendre, doux et plein de tact, sans aucune indiscrétion, sans précipiter les caressantes tendresses; dès les premiers moments, tu me montras tant de tranquille et d'amicale confiance que tu m'aurais conquise tout entière, même si je n'eusse pas déjà été à toi avec toute ma volonté et avec tout mon être. Ah! tu ne sais pas quel acte admirable tu accomplis, ce soir-là, en ne décevant pas les cinq années d'attente de mon adolescence !

Il était tard, nous partîmes. À la porte du restaurant tu voulus savoir si j'étais pressée ou si j'avais le temps. Comment aurais-je pu te cacher que j'étais à ta disposition ? Je te répondis que j'avais le temps. Puis tu me demandas, en surmontant vivement une légère hésitation, si je ne voulais pas venir un moment chez toi pour bavarder. « Avec plaisir », fis-je sans m'interroger une seconde, trouvant cela tout naturel. Et je vis aussitôt que la rapidité de mon acceptation t'avait saisi, d'une façon désagréable ou peut-être plaisante, — mais qu'en tout cas, tu étais visiblement surpris. Aujourd'hui, je comprends ton étonnement ; je sais qu'il est d'usage chez les femmes, même quand elles éprouvent le brûlant désir de s'abandonner, de désavouer leur inclination, de simuler un effroi, une indignation, qui demandent tout d'abord à être apaisés par de pressantes prières, des mensonges, des promesses, des serments. Je sais que seules peut-être les professionnelles de l'amour, les prostituées, répondent à de telles invitations par un consentement aussi joyeux et aussi complet — ou encore de toutes jeunes, de toutes naïves adolescentes. Mais en moi (comment pouvais-tu t'en douter ?), ce n'était que la volonté s'avouant à elle-même, le désir ardent et contenu pendant des milliers de jours qui, brusquement, se manifestait. Mais en tout cas, tu étais frappé, je commençais à t'intéresser. Je sentais qu'en marchant, pendant notre conversation, tu m'examinais de côté, avec une sorte d'étonnement. Ton sentiment, ce sentiment si magiquement sûr en fait de psychologie humaine, flairait une chose extraordinaire, devinait un mystère en cette gentille et complaisante jeune fille. Le désir de savoir était éveillé en toi, et je remarquai, par la forme enveloppante et subtile de tes questions, que tu voulais cerner ce mystère. Mais je les éludais. J'aimais mieux passer pour folle que te dévoiler mon secret.

Nous montâmes chez toi. Excuse-moi, mon bien-aimé, si je te dis que tu ne peux pas comprendre ce qu'était pour moi cette montée, cet escalier, quel enivrement, quel trouble j'éprouvais, quel bonheur fou, torturant, mortel presque. Maintenant encore à peine puis-je y penser sans larmes, et pourtant je n'en ai plus. Mais imagine-toi seulement que là, chaque objet était pour ainsi dire imprégné de ma passion, représentait un symbole de mon enfance, de mon attente : la porte devant laquelle je t'ai attendu mille fois, l'escalier où j'ai toujours épié et deviné ton pas et où je t'ai vu pour la première fois, la petite lunette où j'ai appris à sonder toute mon âme, le tapis devant la porte, sur lequel un jour je me suis agenouillée, le grincement de la clé qui toujours m'a fait quitter en sursaut mon poste d'écoute. Toute mon enfance, toute ma passion avaient ici leur nid, dans cet espace réduit ; là se trouvait toute ma vie. Et voici qu'une sorte de tempête s'abattait sur moi, maintenant que tout, tout s'accomplissait et qu'avec toi, moi avec toi ! j'entrais dans ta maison, dans notre maison. Pense que jusqu'à ta porte, — mes mots certes ont un air banal, mais je ne sais pas le dire autrement, — tout, durant mon existence, n'avait encore été que triste réalité ; je n'avais vu devant moi qu'un monde terne et quotidien, et voilà que s'ouvrait le pays enchanté dont rêve l'enfant, le royaume d'Aladin. Pense que, mille fois, mes yeux avaient fixé ardemment cette porte que je franchissais maintenant d'un pas chancelant, et tu sentiras — tu sentiras seulement, car

jamais, mon bien-aimé, tu ne le sauras tout à fait !
— combien d'heures de ma vie se concentraient en
cette vertigineuse minute.

Je restai chez toi toute la nuit. Tu ne t'es pas
douté qu'avant toi jamais encore un homme ne
m'avait touchée, ni même que personne n'avait
effleuré ou vu mon corps. Comment aurais-tu pu le
supposer, mon bien-aimé, puisque je ne t'offrais
aucune résistance, que je réprimais toute hésitation de pudeur, uniquement pour que tu ne pusses
pas deviner le secret de mon amour pour toi, qui
t'aurait certainement effrayé, — car tu n'aimes
que la légèreté, le jeu, le badinage ; tu redoutes de
t'immiscer dans une destinée. Tu veux goûter
sans mesure à toutes les joies du monde, mais tu
ne veux pas de sacrifice. Mon bien-aimé, si je te
dis maintenant que j'étais vierge quand je me suis
donnée à toi, je t'en supplie, comprends-moi bien !
Je ne t'accuse pas : tu ne m'as pas attirée, ni
trompée, ni séduite ; c'est moi, moi-même, qui suis
allée vers toi, poussée par mon propre désir, qui
me suis jetée à ton cou, qui me suis précipitée dans
ma destinée. Jamais, jamais je ne t'accuserai,
non ; mais au contraire, toujours je te remercierai,
car elle a été pour moi bien riche et bien éclatante
de volupté, cette nuit, bien débordante de bonheur.
Quand j'ouvrais les yeux dans l'obscurité et que je
te sentais à mon côté, je m'étonnais que les étoiles
ne fussent pas au-dessus de ma tête, tellement le
ciel me semblait proche. Non, mon bien-aimé, je
n'ai jamais rien regretté, jamais, à cause de cette
heure-là. Je me le rappelle encore, lorsque tu
dormais, que j'entendais ta respiration, que je
touchais ton corps et que je me sentais si près de
toi : dans l'ombre, j'ai pleuré de bonheur.

Le matin, je partis en hâte, de très bonne heure.
Je devais me rendre au magasin, et je voulais

aussi m'en aller avant qu'arrivât le domestique : il ne fallait pas qu'il me vît. Lorsque je fus vêtue, que je fus là, debout devant toi, tu me pris dans tes bras et tu me regardas longuement. Était-ce un souvenir lointain et obscur qui s'agitait en toi, ou bien seulement te semblais-je jolie et heureuse, comme je l'étais effectivement ? Tu me donnas un baiser sur la bouche. Je me dégageai doucement pour m'en aller. Alors tu me demandas : « Ne veux-tu pas emporter quelques fleurs ? » Je répondis que si. Tu pris quatre roses blanches dans le vase de cristal bleu, sur le bureau (ah ! ce vase, je le connaissais bien, depuis mon unique et furtif regard de jadis) et tu me les donnas. Pendant des journées, je les ai portées à mes lèvres.

Avant de nous quitter, nous étions déjà convenus d'un autre rendez-vous. J'y vins, et de nouveau ce fut merveilleux. Tu me donnas encore une troisième nuit. Puis tu me dis que tu étais obligé de partir en voyage — oh ! ces voyages, comme je les détestais depuis mon enfance ! — et tu me promis, aussitôt que tu serais revenu, de m'en aviser. Je te donnai mon adresse, poste restante, car je ne voulais pas te dire mon nom. Je gardais mon secret. De nouveau, tu me donnas quelques roses au moment de l'adieu — les roses de l'adieu !

Chaque jour, pendant deux mois, j'allai voir... mais non, pourquoi te décrire ces tourments infernaux de l'attente, du désespoir ? Je ne t'accuse pas ; je t'aime comme tu es : ardent et oublieux, généreux et infidèle ; je t'aime ainsi, rien qu'ainsi, comme tu as toujours été et comme tu es encore maintenant. Tu étais revenu depuis longtemps ; tes fenêtres éclairées me l'apprirent, et tu ne m'as pas écrit. Je n'ai pas une ligne de toi, maintenant, à ma dernière heure, pas une ligne de toi, toi à qui j'ai donné ma vie. J'ai attendu, attendu comme une désespérée. Mais tu ne m'as pas fait signe, tu ne m'as pas écrit une ligne... pas une ligne...

Mon enfant est mort hier, — c'était aussi ton enfant. C'était aussi ton enfant, ô mon bien-aimé, l'enfant d'une de ces trois nuits, je te le jure, et l'on ne ment pas dans l'ombre de la mort. C'était notre enfant, je te le jure, car aucun homme ne m'a touchée depuis ces heures où je me suis donnée à toi jusqu'à celles du travail de l'enfantement. Ton contact avait rendu mon corps sacré, à mes yeux : comment aurais-je pu me partager entre toi qui avais été tout pour moi, et d'autres qui pouvaient à peine frôler ma vie ? C'était notre enfant, mon bien-aimé, l'enfant de mon amour lucide et de ta tendresse insouciante, prodigue, presque inconsciente, notre enfant, notre fils, notre enfant unique. Mais tu veux savoir maintenant — peut-être effrayé, peut-être juste étonné — maintenant tu veux savoir, ô mon bien-aimé, pourquoi pendant toutes ces longues années je t'ai caché l'existence de cet enfant et pourquoi je te parle de lui aujourd'hui seulement qu'il est là, étendu, dormant dans les ténèbres, dormant à jamais, déjà prêt à partir et à ne revenir plus jamais, plus jamais ! Pourtant, comment aurais-je pu te le dire ? Jamais tu ne m'aurais crue, moi l'étrangère, trop facilement disposée à t'accorder ces trois nuits, moi qui m'étais donnée sans hésitation, avec ardeur même ; jamais tu n'aurais cru que cette femme anonyme rencontrée fugitivement te garderait sa fidélité, à toi l'infidèle, — jamais tu n'aurais reconnu sans méfiance cet enfant comme étant le tien! Jamais tu n'aurais pu, même si mes dires t'avaient paru vraisemblables, écarter intérieurement le soupçon que j'essayais de t'attribuer, à toi qui étais riche, la paternité d'un enfant qui t'était étranger. Tu m'aurais suspectée, il en serait resté une ombre entre toi et moi, une ombre confuse et flottante de méfiance. Je ne le voulais pas. Et puis, je te connais; je te connais si bien qu'à peine te connais-tu toi-même pareillement: je sais qu'il t'eût été pénible, toi qui en amour aimes l'insouciance, la légèreté, le jeu, d'être soudain père, d'avoir soudain la responsabilité d'une destinée. Toi qui ne peux respirer qu'en liberté, tu te serais senti lié à moi d'une certaine façon. Tu m'aurais... oui, je le sais, tu l'eusses fait contre ta propre volonté consciente... tu m'aurais haïe à cause de cet assujettissement. Je t'aurais été odieuse, tu m'aurais détestée, peut-être seulement quelques heures, peut-être seulement le bref intervalle de quelques minutes, — mais dans mon orgueil, je voulais que tu pensasses à moi toute ta vie sans le moindre nuage. J'aimais mieux prendre tout sur moi que de devenir une charge pour toi, être la seule, parmi toutes tes femmes, à qui tu penserais toujours avec amour, avec gratitude. Mais à la vérité, tu n'as jamais pensé à moi, tu m'as oubliée!

Je ne t'accuse pas, mon bien-aimé, non, je ne t'accuse pas. Pardonne-moi si parfois une goutte d'amertume coule de ma plume, pardonne-moi — mais mon enfant, notre enfant, n'est-il pas là, couché sous la flamme vacillante des cierges? J'ai tendu mon poing serré vers Dieu et je l'ai appelé criminel; la confusion et le trouble règnent dans mes sens. Pardonne-moi cette plainte, pardonne-la-moi. Je sais bien qu'au plus profond de ton cœur tu es bon et secourable, que tu accordes ton assistance à qui la sollicite, que tu l'accordes même à celui qui t'est le plus étranger, s'il te la demande. Mais ta bonté est si bizarre! C'est une bonté ouverte à chacun, chacun peut y puiser et y remplir ses mains; elle est grande, infiniment grande, ta bonté, mais excuse-moi, elle est indolente. Elle veut qu'on l'assiège, qu'on lui fasse violence. Ton aide, tu la donnes quand on te fait appel, quand on t'adresse une prière; ton appui, tu l'accordes par pudeur, par faiblesse et non par plaisir. Permets que je te dise franchement: ton amour ne va pas à l'homme qui est dans le besoin et la peine, de préférence à ton frère qui est dans le bonheur. Et les hommes comme toi, même les meilleurs d'entre eux, on a du mal à leur adresser une prière. Un jour, j'étais encore enfant, je vis par la lunette de la porte comment tu t'y pris pour faire l'aumône à un mendiant qui avait sonné chez toi. Tu lui donnas immédiatement, et beaucoup même, avant qu'il t'eût imploré, mais tu le fis avec une certaine inquiétude, avec une certaine hâte qui disait ton désir de le voir s'en aller bien vite. On eût dit que tu avais peur de le regarder dans les yeux. Cette façon fuyante de donner, cette appréhension, cette crainte d'être remercié, je ne l'ai jamais oubliée. Et c'est pourquoi je ne me suis jamais adressée à toi. Sans doute, je le sais, tu m'aurais alors secourue, sans même avoir la certitude que c'était bien ton enfant; tu m'aurais consolée, donné de l'argent, de l'argent en abondance, mais toujours avec le désir impatient et secret d'écarter de toi les choses désagréables. Oui, je crois même que tu m'aurais engagée à supprimer l'enfant avant terme. Et cela, je le redoutais par-dessus tout, car que n'aurais-je pas fait, du moment que tu me le demandais, comment m'eût-il été possible de te refuser quelque chose!

137

Mais cet enfant était tout pour moi puisqu'il venait
de toi ; c'était encore toi, non plus l'être heureux et
insouciant que tu étais et que je ne pouvais retenir,
mais toi, pensais-je, devant m'appartenir pour
toujours, emprisonné dans mon corps, lié à ma vie.
Je te tenais enfin, à présent ; je pouvais en mes
veines te sentir vivre et grandir ; il m'était donné
de te nourrir, de t'allaiter, de te couvrir de caresses
et de baisers, quand mon âme en brûlait de désir.
Vois-tu, mon bien-aimé, c'est pourquoi j'ai été
heureuse quand j'ai su que je portais un enfant de
toi ; et c'est pourquoi je me gardai de te le dire, car
maintenant, tu ne pouvais plus m'échapper.

Il est vrai, mon bien-aimé, qu'il n'y eut pas que
des mois de bonheur, comme ma pensée s'en était
réjouie d'avance. Il y eut aussi des mois pleins
d'horreur et de tourments, pleins de dégoût devant
la bassesse des hommes. Ma situation n'était pas
facile. Pendant les derniers mois je ne pouvais plus
aller au magasin de peur d'éveiller l'attention de la
famille et de les voir avertir mes parents. Je ne
voulais pas demander d'argent à ma mère ; je
vécus donc, pendant le temps qui s'écoula jusqu'à
mon accouchement, de la vente de quelques bijoux
que je possédais. Une semaine avant la délivrance,
une blanchisseuse me vola dans une armoire les
quelques couronnes qui me restaient ; de sorte que
je dus aller à l'hôpital. C'est là, en ce lieu où seules
se réfugient en leur détresse les femmes les plus
pauvres, les réprouvées, les oubliées, là au milieu
de la plus rebutante misère, c'est là que l'enfant,
ton enfant, est venu au monde. C'est à mourir, cet
hôpital ; tout vous y est étranger, étranger, étranger ; et nous nous regardions comme des étrangères, nous qui gisions là, solitaires, et mutuelle-
ment pleines de haine, nous que seuls la misère et
les mêmes tourments avaient contraintes à pren-

dre place dans cette salle, à l'atmosphère viciée, emplie de chloroforme et de sang, de cris et de gémissements. Tout ce que la pauvreté doit subir d'humiliations, d'outrages moraux et physiques, je l'ai souffert, dans cette promiscuité avec des prostituées et des malades qui faisaient de la communauté de notre sort une commune infamie... Sous le cynisme de ces jeunes médecins qui, avec un sourire d'ironie, relevaient le drap de lit et palpaient le corps de la femme sans défense, sous un faux prétexte de souci scientifique... En présence de la cupidité des infirmières. Oh! Là-bas, la pudeur humaine ne rencontre que des regards qui la crucifient et des paroles qui la flagellent. Votre nom sur une pancarte, c'est tout ce qui reste de vous, car ce qui gît dans le lit n'est qu'un paquet de chair pantelante, que tâtent les curieux et qui n'est plus qu'un objet d'exhibition et d'étude. Oh! elles ne savent pas, les femmes qui donnent des enfants à leur mari aux petits soins, dans leur propre maison, ce que c'est que de mettre au monde un enfant lorsqu'on se trouve seule, sans protection et comme sur une table d'expérimentation médicale. Aujourd'hui encore, quand je rencontre dans un livre le mot "enfer", je pense immédiatement, malgré moi, à cette salle bondée dans laquelle, parmi les mauvaises odeurs, les gémissements, les rires et les cris sanglants de femmes entassées, j'ai tant souffert, — à cet abattoir de la pudeur.

Pardonne-moi, pardonne-moi de te parler de cela! Mais c'est la seule fois que je le fais, je ne t'en parlerai jamais plus, jamais plus. Pendant onze ans je n'en ai dit mot et bientôt je serai muette pour l'éternité. Je devais le crier une fois, ce que m'avait coûté cet enfant qui était ma félicité et qui à présent est là, inanimé. Je les avais déjà oubliées, ces heures-là, depuis longtemps oubliées, dans le sourire, dans la voix de l'enfant, dans mon bonheur ; mais maintenant qu'il est mort, mon supplice, lui, est devenu vivant, et j'avais besoin de soulager mon âme en le criant une fois, cette seule fois.

Mais ce n'est pas toi que j'accuse ; je n'accuse que Dieu, rien que Dieu qui a voulu ce supplice absurde. Je ne t'accuse pas, je le jure, et jamais dans ma colère je ne me suis dressée contre toi. Même à l'heure où mon corps se tordait dans les douleurs, même lorsque devant les jeunes externes, il brûlait de honte en subissant les attouchements de leurs regards, même à la seconde où la douleur me déchira l'âme, jamais je ne t'ai accusé devant Dieu, jamais je n'ai regretté nos nuits ; jamais mon amour pour toi n'a subi l'atteinte d'un reproche de ma part ; toujours je t'ai aimé, toujours j'ai béni l'heure où je t'ai rencontré. Et dussé-je de nouveau traverser l'enfer de ces heures-là, quand bien même je saurais d'avance ce qui m'attend, ô mon bien-aimé, je referais encore une fois ce que j'ai fait, encore une fois, encore mille fois !

Notre enfant est mort hier. Tu ne l'as jamais connu. Jamais, même dans une fugitive rencontre, due au hasard, ce petit être en fleur, né de ton être, n'a frôlé en passant ton regard. Dès que j'eus cet enfant, je me tins cachée à tes yeux pendant longtemps. Mon ardent amour pour toi était devenu moins douloureux ; je crois même que je ne t'aimais plus aussi passionnément ; tout au moins, mon amour ne me faisait plus autant souffrir. Je ne voulais pas me partager entre toi et lui ; aussi je me consacrai non pas à toi, qui étais heureux et vivais en dehors de moi, mais à cet enfant qui avait besoin de moi, que je devais nourrir, que je pouvais prendre dans mes bras et couvrir de baisers. Je semblais délivrée du trouble que tu avais jeté dans mon âme, arrachée à mon mauvais destin, sauvée enfin par cet autre toi-même, mais qui était vraiment à moi ; et ce n'était plus que rarement, tout à fait rarement, que ma passion se portait humblement au-devant de ta maison. Je ne faisais qu'une chose : à ton anniversaire, je t'envoyais régulièrement un bouquet de roses blanches, exactement pareilles à celles que tu m'avais offertes après notre première nuit d'amour. T'es-tu jamais demandé en ces dix, en ces onze années, qui te les envoyait ? T'es-tu souvenu, peut-être, de celle à qui tu as donné, un jour, des roses pareilles ? Je l'ignore et je ne connaîtrai jamais ta réponse. Il me suffisait, quant à moi, de te les offrir secrètement et de faire éclore, une fois chaque année, le souvenir de cet instant.

Tu ne l'as jamais connu, notre pauvre petit. Aujourd'hui, je m'en veux de l'avoir dérobé à tes yeux, car tu l'aurais aimé. Jamais tu ne l'as connu, le pauvre enfant, jamais tu ne l'as vu sourire, quand il soulevait légèrement ses paupières et que ses yeux noirs et intelligents — tes yeux ! — jetaient sur moi, sur le monde entier, leur lumière claire et joyeuse. Ah ! il était si gai, si charmant : toute la légèreté de ton être se retrouvait dans cet enfant ; ton imagination vive et remuante se renouvelait en lui ; pendant des heures entières, il pouvait s'amuser follement avec un objet, comme toi tu prends plaisir à jouer avec la vie ; puis on le voyait redevenir sérieux et se tenir assis devant ses livres, les sourcils froncés. Sa ressemblance avec toi grandissait chaque jour. Déjà même commençait à se développer en lui, visiblement, cette dualité de sérieux et d'enjouement qui t'est

141

propre ; et plus il te ressemblait, plus je l'aimais. Il apprenait bien, et bavardait en français comme une petite pie ; ses cahiers étaient les plus propres de la classe ; avec cela, comme il était gentil, élégant, dans son costume de velours noir ou dans sa petite marinière blanche ! Partout où il allait, il était toujours le plus distingué ; quand je passais avec lui sur la plage de Grado[1], les femmes s'arrêtaient et caressaient sa longue chevelure blonde ; quand il faisait du traîneau sur le Semmering, les gens se retournaient vers lui avec admiration ! Il était si joli, si délicat, si complaisant ! Lorsque, l'année dernière, il devint interne au Theresianum, on eût dit un petit page du dix-huitième siècle à la façon dont il portait son uniforme et sa petite épée. À présent, il n'a plus rien que sa chemisette, le pauvre enfant, couché là, les lèvres décolorées et les mains jointes.

Mais peut-être veux-tu savoir comment j'ai pu l'élever ainsi, dans le luxe, comment j'ai pu faire pour lui permettre de vivre cette vie éclatante et joyeuse des enfants du grand monde ? Mon bien-aimé, je te parle du sein de l'ombre. Je n'ai pas de honte, je vais te le dire, mais ne t'effraie pas ; mon bien-aimé, je me suis vendue. Je n'ai pas été précisément ce qu'on appelle une fille de la rue, une prostituée, mais je me suis vendue. J'ai eu de riches amis, des amants fortunés ; tout d'abord, je les ai cherchés, puis ce furent eux qui me cherchèrent, car — l'as-tu jamais remarqué ? — j'étais très jolie. Chaque homme à qui je me donnais me prenait en affection ; tous m'ont été reconnaissants, tous se sont attachés à moi, tous m'ont

1. *Grado* : Il s'agit probablement de la ville italienne, en Vénétie Julienne, près de Gorizia ; Zweig avait fait plusieurs voyages en Italie, notamment en 1908-1909, puis en 1921.

aimée... tous, sauf toi, oui, toi seul, ô mon bien-aimé !

Me méprises-tu à présent que je t'ai révélé que je me suis vendue ? Non, je le sais, tu ne me méprises pas ; je sais que tu comprends tout et que tu comprendras aussi que je l'ai seulement fait pour toi, pour cet autre toi-même, pour ton enfant. J'avais touché, un jour, dans cette salle de l'hôpital, à l'horreur de la pauvreté ; je savais qu'en ce monde le pauvre est toujours la victime, celui qu'on abaisse et foule aux pieds, et je ne voulais à aucun prix que ton enfant, ton enfant éclatant de beauté, grandît dans les bas-fonds, se pervertît au contact grossier des gens de la rue, s'étiolât dans l'air empesté d'un immeuble sur cour. Sa bouche délicate ne devait pas connaître les mots du ruisseau, ni son corps d'ivoire le linge malodorant et rugueux du pauvre. Il fallait que ton enfant profitât de tout, de toute la richesse et de toutes les commodités de la terre : il fallait, à son tour, qu'il s'élevât au niveau de ta vie.

C'est la raison, la seule raison, mon bien-aimé, pour laquelle je me suis vendue. Pour moi, ce n'a pas été un sacrifice ; car ce que l'on nomme communément honneur ou déshonneur n'existait pas à mes yeux. Tu ne m'aimais pas, toi le seul à qui mon corps appartînt, donc ce que mon corps pouvait faire me laissait indifférente. Les caresses des hommes, même leur passion la plus profonde, ne touchaient pas mon cœur, bien que je dusse accorder beaucoup d'estime à plusieurs d'entre eux et que, devant leur amour sans retour, me rappelant mon propre sort, la pitié m'ébranlât souvent. Tous ceux que je connus furent bons pour moi, tous m'ont gâtée, tous m'ont estimée. Surtout un comte, veuf et âgé, celui qui ne recula devant aucune démarche pour faire admettre au Theresianum l'enfant sans père, ton enfant. Il m'aimait comme sa fille. Trois fois, quatre fois il m'a demandée en mariage. Aujourd'hui, je serais comtesse, maîtresse d'un château féerique dans le Tyrol ; je n'aurais pas de soucis, car l'enfant aurait eu un père tendre et qui l'eût adoré, et moi, un mari distingué, bon et doux. Je n'ai pas accepté, bien qu'il eût insisté très fort et très souvent, bien que mon refus lui eût fait beaucoup de mal. J'ai peut-être commis une folie, car je vivrais à présent tranquille, retirée en quelque lieu et avec moi, cet enfant, cet enfant chéri. Pourquoi ne pas te l'avouer ? Je ne voulais pas me lier ; je voulais à tout moment être à ta disposition. Au plus profond de mon cœur, dans mon être inconscient, vivait toujours ce vieux rêve enfantin que peut-être tu m'appellerais encore une fois, ne fût-ce que pour une heure. Et pour l'éventualité de cette heure, j'ai tout repoussé, parce que je désirais être prête à ton premier appel. Toute ma vie, depuis que je suis sortie de l'enfance, a-t-elle été autre chose qu'une attente, l'attente de ta volonté ?

Et cette heure est réellement venue. Mais tu ne sais pas quand. Tu ne t'en doutes pas, mon bien-aimé. Même à ce moment-là, tu ne m'as pas reconnue — jamais, jamais, jamais tu ne m'as reconnue ! Oui, souvent déjà, je t'avais rencontré dans les théâtres, les concerts, au Prater, dans la rue — chaque fois mon cœur tressaillait, mais tu passais sans me voir. Extérieurement, j'étais certes tout autre ; l'enfant craintive était devenue une femme, une belle femme, comme on disait, couverte de superbes toilettes et entourée d'admirateurs. Comment aurais-tu pu soupçonner en moi la timide jeune fille que tu avais vue à la lumière nocturne de ta chambre à coucher ! Parfois, un des hommes avec qui j'étais te saluait ; tu répondais à son salut et levais les yeux vers moi ; mais ton regard était aussi étranger que courtois ; il m'appréciait seulement et ne me reconnaissait pas ; il était d'un étranger, atrocement étranger. Un jour, je me le rappelle encore, cet oubli de ma personne, auquel j'étais déjà presque habituée, fut pour moi un supplice. Je me trouvais dans une loge à l'Opéra, avec un ami, et tu étais assis dans la loge voisine. À l'ouverture, les lumières s'éteignirent ; je ne pouvais plus voir ton visage, mais je sentais ton souffle si près de moi, comme je l'avais senti en cette nuit d'amour et, sur le rebord garni de velours qui séparait nos loges, reposait ta main, ta main fine et délicate. Un désir infini s'empara de moi : celui de me pencher et de déposer humblement un baiser sur cette main étrangère, cette main chérie, dont j'avais un jour senti le tendre enlacement. Autour de moi, la musique répandait ses ondes pénétrantes ; mon désir devenait de plus en plus passionné. Je fus obligée de maîtriser mes nerfs pour ne pas me lever, si vive était la force qui attirait mes lèvres vers ta chère main. À la fin du premier acte, je demandai à mon ami de nous en aller. Je ne pouvais plus supporter de t'avoir là, à côté de moi, si étranger et si proche, dans l'obscurité.

Mais l'heure tant attendue vint pourtant, elle vint encore une fois, une dernière fois dans ma vie perdue. C'était, il y a exactement un an, le lendemain de ton anniversaire. Chose étrange, je n'avais cessé de penser à toi, car cet anniversaire, je le célèbre toujours comme une fête. J'étais déjà sortie de très grand matin, et j'avais acheté les roses blanches que je te faisais envoyer tous les ans en souvenir d'un moment que tu avais oublié. L'après-midi, j'allai promener l'enfant ; je le conduisis à la pâtisserie Demel, et le soir, je le menai au théâtre. Je voulais que, lui aussi, en quelque manière, dès sa jeunesse, considérât ce jour, sans qu'il en connût la signification, comme une fête mystique. Ensuite, je passai le lendemain avec l'ami que j'avais à cette époque, un jeune et riche industriel de Brünn[1], avec qui je vivais depuis déjà deux années, qui me gâtait et m'idolâtrait. Celui-là aussi voulait m'épouser, mais de même qu'aux autres, je lui avais sans apparence de raisons opposé un refus, bien qu'il nous comblât de cadeaux, l'enfant et moi, et qu'il fût digne lui-même d'être aimé pour sa bonté, un peu épaisse et soumise. Nous allâmes ensemble à un concert, où nous rencontrâmes des gens fort gais ; nous soupâmes dans un restaurant de la Ringstrasse, et là, parmi les rires et les bavardages, je proposai d'aller dans un *dancing*, le Tabarin. D'ordinaire, ce genre d'établissements, avec leur gaieté factice et abreuvée d'alcool, m'était antipathique, comme tout ce qu'on appelle "la noce", et toujours ceux qui proposaient des distractions de cet ordre rencontraient mon refus. Mais cette fois-ci — je croyais sentir en moi une puissance magique impénétrable, qui me fit soudain lancer inconsciemment ma proposition, et chacun s'y rallia avec une joyeuse excitation, — j'éprouvais tout à coup un désir inexplicable, comme si quelque chose de particulier m'attendait en cet endroit. Habitués à m'être agréable, tous se levèrent, et nous allâmes au Tabarin. Nous bûmes du champagne, et subitement une joie tout à fait folle s'empara de moi, une joie presque douloureuse même, comme je n'en avais jamais connu. Je buvais et buvais, chantant

1. *Brünn* : nom allemand de l'actuelle Brno, en Tchécoslovaquie ; ville située dans la province de Moravie d'où était originaire le grand-père paternel de Zweig.

comme les autres les chansons grivoises, et j'éprouvais un besoin presque irrésistible de danser et de m'amuser. Soudain — on eût dit que quelque chose de froid ou de brûlant s'était posé sur mon cœur — je sursautai : tu étais assis avec des amis à la table voisine et tu portais sur moi un regard d'admiration et de désir, ce regard qui toujours m'a remuée jusqu'au tréfonds de l'âme. Pour la première fois depuis dix ans, tes yeux s'attachaient de nouveau sur moi de toute la force inconsciente et passionnée de ton être. Je tremblais. Le verre que je tenais levé faillit tomber de mes mains. Heureusement, mes compagnons de table ne s'aperçurent pas de mon trouble, qui s'effaça dans le bruit des rires et de la musique.

Ton regard devenait de plus en plus brûlant et me plongeait tout entière dans un brasier. Je ne savais pas si tu m'avais enfin, enfin reconnue ou si tu me désirais comme une femme que tu n'aurais pas encore tenue dans tes bras, comme une autre, comme une étrangère. Le sang me montait aux joues, et je répondais distraitement aux personnes qui étaient avec moi. Tu avais remarqué sans doute combien ton regard me troublait. D'un signe de tête, imperceptible pour les autres, tu me demandas de bien vouloir sortir un instant dans le vestibule. Puis tu réglas l'addition de façon ostensible ; tu pris congé de tes amis et sortis, non sans m'avoir préalablement fait signe encore une fois que tu m'attendais dehors. Je tremblais comme si j'avais été en proie au froid ou à la fièvre. Je ne pouvais plus répondre à aucune question ; je me trouvais dans l'impossibilité de maîtriser mon sang en ébullition. Le hasard voulut que, précisément à ce moment-là, un couple de Noirs commençât une nouvelle et étrange danse, en frappant des talons et en poussant des cris aigus. Tout le monde

147

avait les yeux sur eux; je mis cette seconde à profit. Je me levai, dis à mon ami que je revenais aussitôt, et je te suivis.

Dehors, tu m'attendais dans le vestibule, devant le vestiaire. Ton regard s'éclaira en me voyant venir. Tu accourus, souriant, au-devant de moi. Je vis immédiatement que tu ne me reconnaissais pas, que tu ne reconnaissais pas l'enfant ni la jeune fille d'autrefois. De nouveau, en tendant la main vers moi, tu l'avançais vers quelqu'un de nouveau, quelqu'un d'inconnu. « Ne pourriez-vous, un jour, à moi aussi, me consacrer une heure ? » me demandas-tu familièrement. Je sentis à ton assurance que tu me prenais pour une de ces femmes qui se vendent pour la soirée. « Oui », fis-je. C'était le même « oui » tremblant et pourtant naturel et bien consentant par lequel, il y avait plus de dix ans, la jeune fille que j'étais alors t'avait répondu dans la rue crépusculaire. « Et quand pourrions-nous nous voir ? — Quand vous voudrez. » Devant toi, je n'avais aucune honte. Tu me regardas un peu étonné, en proie à ce même étonnement, fait de méfiance et de curiosité, que tu avais également montré jadis devant la rapidité de mon acquiescement. « Seriez-vous libre maintenant ? » me demandas-tu avec quelque hésitation. — Oui, dis-je, partons. »

Je voulus aller chercher mon manteau au vestiaire.

À ce moment, il me revint à l'esprit que le manteau de mon ami et le mien étaient ensemble et qu'il avait le ticket. Retourner le lui demander, sans motif précis, n'eût pas été possible ; d'autre part, renoncer à l'heure que je pouvais passer avec toi, cette heure ardemment désirée depuis des années, cela, je ne le voulais pas. Aussi n'hésitai-je pas une seconde : je me contentai de mettre mon châle sur ma robe du soir, et je sortis dans la nuit brumeuse et humide, sans m'occuper de mon manteau, sans me soucier de l'être bon et affectueux qui me faisait vivre depuis des années, de l'homme que je couvrais de ridicule devant ses amis, en le laissant ainsi, moi qui étais depuis des années sa maîtresse, au premier clin d'œil d'un étranger. Oh! j'avais entièrement conscience, au plus profond de moi-même, de la bassesse, de l'ingratitude, de l'infamie que je commettais envers un ami sincère; je sentais que j'agissais ridiculement et que par ma folie j'offensais à jamais, mortellement, un homme plein de bonté pour moi; je me rendais compte que je brisais ma vie, mais que m'importait l'amitié, que m'importait l'existence, au prix de l'impatience que j'avais de sentir encore une fois tes lèvres et d'entendre monter vers moi tes paroles de tendresse? C'est ainsi que je t'ai aimé; je peux le dire, à présent que tout est passé, que tout est fini. Et je crois que si tu m'appelais sur mon lit de mort, je trouverais encore la force de me lever et d'aller te rejoindre.

Une voiture se trouvait devant la porte, et nous filâmes chez toi. J'entendis de nouveau ta voix, je te sentis de nouveau tendre, tout près de moi; j'étais exactement aussi enivrée, en proie au même bonheur enfantin et confus qu'autrefois. Dans quel état d'exaltation je grimpai de nouveau les escaliers, pour la première fois après plus de dix ans, non, non, je ne peux pas te le dire; je ne peux pas te décrire comment, dans ces quelques secondes, un double sentiment confondait en moi tout le passé et le présent, ni comment, dans tout cela, dans tout cela je n'apercevais toujours que toi. Il y avait peu de changement dans ta chambre. Quelques tableaux en plus, un plus grand nombre de livres, çà et là des meubles étrangers, mais tout pourtant m'adressait un salut familier. Et sur ton bureau se trouvait le vase avec les roses, mes roses, celles que je t'avais envoyées le jour précédent, à l'occasion de ton anniversaire et en souvenir d'une femme que tu ne te rappelais cependant pas, que tu ne reconnaissais pas, même maintenant qu'elle était près de toi, que ta main tenait sa main, que tes lèvres pressaient ses lèvres. Néanmoins, j'étais heureuse de voir que tu prenais soin de mes fleurs : de cette façon flottait malgré tout, autour de toi, un souffle de mon être, un parfum de mon amour.

Tu me pris dans tes bras. Je passai de nouveau toute une nuit de délices avec toi. Mais, même en ma nudité, tu ne me reconnaissais pas. Heureuse, je m'abandonnais à tes savantes tendresses, et je vis que ta fougue amoureuse ne faisait aucune différence entre une amante et une femme qui se vend, que tu te livrais entièrement à ton désir, avec toute la légèreté et la prodigalité qui te caractérisent. Tu étais si doux, si tendre envers moi, envers celle que tu avais rencontrée dans une boîte de nuit, si distingué, si cordial, si plein d'attentions, et cependant tu montrais en même temps une telle passion dans la jouissance de la femme. De nouveau, enivrée de l'ancien bonheur, je sentais dans ta sensualité cette dualité caractéristique de ton être, cette passion cérébrale et lucide qui, déjà, avait fait de l'enfant ton esclave. Jamais je n'ai connu chez un homme, dans ses caresses, un abandon aussi absolu au moment présent, une telle effusion et un tel rayonnement des profondeurs de l'être — pour s'éteindre ensuite à vrai dire dans un oubli infini et presque inhumain. Mais moi aussi je m'oubliais : qu'étais-je à présent dans l'obscurité, à côté de toi ? Étais-je l'ardente gamine de jadis, la mère de ton enfant, étais-je l'étrangère ? Ah ! tout était si familier, déjà vécu pour moi, et cependant tout était si frémissant de vie nouvelle, en cette nuit passionnée! Et je priais pour qu'elle ne prît jamais fin!

Mais le matin arriva. Nous nous levâmes tard. Tu m'invitas encore à déjeuner avec toi. Nous bûmes ensemble le thé, qu'un domestique invisible avait servi discrètement dans la salle à manger, et nous bavardâmes. De nouveau, tu me parlas avec toute la familiarité franche et cordiale qui t'est propre, et de nouveau, sans me poser de questions indiscrètes, sans manifester de curiosité à l'égard de ma personne. Tu ne me demandas ni mon nom, ni mon domicile. Encore une fois, je n'étais pour toi que l'aventure, la femme anonyme, l'heure de passion qui se volatilise dans la fumée de l'oubli, sans laisser de trace. Tu me racontas que maintenant tu allais faire un long voyage de deux ou trois mois en Afrique du Nord[1]. Je tremblais au milieu de mon bonheur, car déjà retentissait à mon oreille le martèlement de ces mots : fini! fini, oublié! Volontiers je me serais jetée à tes genoux en criant : « Emmène-moi avec toi, pour qu'enfin tu me reconnaisses, enfin, enfin, après tant d'années. » Mais j'étais si timide et si lâche, si faible et si servile devant toi. Je ne pus que dire : « Quel dommage! » Ton regard se posa sur moi en souriant et tu me demandas : « En éprouves-tu vraiment de la peine? »

À ce moment, je fus saisie comme d'un brusque emportement. Je me levai, je te regardai longtemps, fermement. Puis je dis : « L'homme que j'aimais est, lui aussi, toujours en voyage. » Puis je te regardai droit dans la prunelle. « Maintenant, maintenant il va me reconnaître », me disais-je,

1. *Afrique du Nord* : Zweig avait fait en 1908-1909 un bref voyage à Alger.

tremblante et tendue de tout mon être. Mais tu ne répondis que par un sourire et tu déclaras pour me consoler : « Oui, mais on revient. — Oui, répliquai-je, on revient, mais on a oublié. »

Il devait y avoir quelque chose d'étrange, quelque chose de passionné dans la façon dont je te dis cela, car tu te levas aussi, et tu me regardas avec étonnement et beaucoup de tendresse. Tu me pris par les épaules : « Ce qui est bon ne peut s'oublier, je ne t'oublierai pas », me dis-tu. En même temps, ton regard plongeait jusqu'au fond de moi-même, semblant vouloir prendre l'empreinte de mon image. Et comme je le sentais pénétrer, cherchant, fouillant, aspirant tout mon être, à ce moment-là je crus que le charme qui t'empêchait de voir était rompu. Il va me reconnaître, il va me reconnaître ! Mon âme entière tremblait à cette pensée.

Mais tu ne me reconnus pas. Non, tu ne me reconnus pas, et, à aucun moment, je ne te fus plus étrangère qu'en cette seconde, sans quoi jamais tu n'aurais pu faire ce que tu fis quelques minutes plus tard. Tu m'avais embrassée, embrassée encore une fois, passionnément. Je dus réparer le désordre de mes cheveux. Pendant que j'étais devant la glace — ah ! je crus m'évanouir de honte et d'effroi ! — je te vis, derrière moi, en train de glisser discrètement dans mon manchon quelques gros billets de banque. Comment ai-je été assez forte pour ne pas crier, ne pas te gifler à cet instant-là, moi qui t'aimais depuis mon enfance, moi, la mère de ton enfant, tu me payais pour cette nuit ! À tes yeux, j'étais une cocotte du Tabarin, rien de plus — et tu m'avais payée, oui, payée ! Ce n'étais pas assez que tu m'eusses oubliée, il fallait encore que tu m'avilisses.

Je ramassai rapidement mes affaires. Je voulais m'en aller, m'en aller vite. Je souffrais trop.

J'avançai la main pour prendre mon chapeau ; il était sur le bureau, à côté du vase contenant les roses blanches, mes roses. À ce moment, un besoin, puissant, irrésistible, s'empara de moi ; je devais tenter encore une fois de réveiller tes souvenirs : « Ne voudrais-tu pas me donner une de tes roses blanches ? dis-je. — Volontiers ! » répondis-tu. Et immédiatement, tu en pris une. « Mais, peut-être est-ce une femme qui te les a données, une femme qui t'aime ? remarquai-je. — Peut-être, dis-tu, mais je l'ignore. Elles m'ont été données je ne sais par qui, c'est pourquoi je les aime tant. » Je te regardai. « Peut-être aussi viennent-elles d'une femme que tu as oubliée ? » Surpris, tu levas les yeux. Je te regardai fixement. « Reconnais-moi, reconnais-moi enfin », criait mon regard ! Mais tes yeux souriaient amicalement, sans comprendre. Tu m'embrassas encore une fois, mais tu ne me reconnus pas.

Je me dirigeai rapidement vers la porte, car je sentais les larmes me monter aux yeux, et, cela, il ne fallait pas que tu le visses. Dans l'antichambre, tellement j'étais sortie avec précipitation, je faillis buter contre Johann, ton domestique. Effrayé, il fit en hâte un bond sur le côté et ouvrit brusquement la porte pour me laisser passer. Et comme je le regardais, durant cet instant, entends-tu ? durant cette unique seconde, comme, les larmes aux yeux, je regardais cet homme âgé, je vis une lueur soudaine palpiter dans son regard. Dans l'espace d'une seconde, entends-tu ? dans l'espace de cette unique seconde, ton vieux domestique m'a reconnue, lui qui depuis mon enfance ne m'avait pas vue. Je me serais mise à genoux, je lui aurais baisé les mains ! J'arrachai vite de mon manchon les billets de banque avec lesquels tu m'avais flagellée et je les lui glissai dans la main. Il tremblait, me

regardait avec effroi ; en cette seconde, il m'a peut-
être mieux comprise que toi dans toute ton
existence. Tous les hommes, tous, m'ont gâtée ;
tous se sont montrés bons envers moi ; toi, toi seul
tu m'as oubliée, toi, toi seul, tu ne m'as jamais
reconnue.

Mon enfant est mort, notre enfant. À présent, je
n'ai plus personne au monde, personne à aimer
que toi. Mais qu'es-tu pour moi, toi qui jamais ne
me reconnais, toi qui passes à côté de moi comme
on passe au bord de l'eau, toi qui marches sur moi
comme sur une pierre, toi qui toujours vas, qui
toujours poursuis ta route et me laisses dans
l'attente éternelle ? Un jour je crus te tenir, tenir en
cet enfant l'être fuyant que tu es. Mais c'était ton
enfant : pendant la nuit, il m'a quittée cruellement
pour aller en voyage ; il m'a oubliée et jamais il ne
reviendra ! De nouveau je suis seule, plus seule que
jamais ; je n'ai rien, plus rien de toi, rien — plus
d'enfant, pas une ligne, pas un mot, pas un
souvenir, et si quelqu'un prononçait mon nom
devant toi, il n'aurait pour toi aucune signification. Pourquoi ne mourrais-je pas volontiers, puisque pour toi je n'existe pas ? Pourquoi ne pas
quitter ce monde, puisque tu m'as quittée ? Non,
mon bien-aimé, je te le dis encore, je ne t'accuse
pas ; je ne veux pas que mes lamentations aillent
jeter le trouble dans la joie de ta demeure. Ne
crains pas que je t'obsède plus longtemps ;
pardonne-moi, j'avais besoin de crier, une fois, de
toute mon âme, à cette heure où mon enfant est
étendu là, sans vie et abandonné. Il fallait que je te
parle une fois, rien qu'une seule fois. Je retourne
ensuite dans mes ténèbres, et je redeviens muette,

muette comme je l'ai toujours été à côté de toi. Mais ce cri ne te parviendra pas tant que je vivrai. Ce n'est que quand je serai morte que tu recevras ce testament, d'une femme qui t'a plus aimé que toutes les autres, et que tu n'as jamais reconnue, d'une femme qui n'a cessé de t'attendre et que tu n'as jamais appelée. Peut-être, peut-être alors m'appelleras-tu, et je te serai infidèle, pour la première fois, puisque dans ma tombe, je n'entendrai pas ton appel. Je ne te laisse aucun portrait, aucune marque d'identité, de même que toi, tu ne m'as rien laissé ; jamais tu ne me reconnaîtras, jamais ! C'était ma destinée dans la vie ; qu'il en soit de même dans la mort. Je ne veux pas t'appeler à ma dernière heure, je m'en vais sans que tu connaisses mon nom, ni mon visage. Je meurs facilement, car de loin tu ne t'en rendras pas compte. Si tu devais souffrir de ma mort, je ne pourrais pas mourir !

Je ne peux plus continuer à écrire... J'ai la tête si lourde... les membres me font mal, j'ai la fièvre... Je crois que je vais être obligée de m'étendre tout de suite. Ce sera peut-être bientôt fini... Peut-être que le destin me sera clément une fois et que je ne devrai pas les voir emporter mon enfant... Je ne peux plus écrire. Adieu ! mon bien-aimé, adieu ! je te remercie... Ce fut bien comme ce fut, malgré tout... Jusqu'à mon dernier souffle, je t'en remercierai... Je me sens soulagée : je t'ai tout dit, tu sais à présent — non, tu le devines seulement — combien je t'ai aimé, et pourtant cet amour ne te laisse rien de pesant. Je ne te manquerai pas — cela me console. Il n'y aura aucun changement dans ta vie magnifique et lumineuse... Ma mort ne te causera aucun ennui... Cela me console, ô mon bien-aimé !

Mais qui... qui maintenant, chaque année, pour

ton anniversaire, t'enverra des roses blanches ? Ah ! le vase sera vide, et ce sera fini aussi de ce faible souffle de ma vie, de cette haleine de mon être qui flottait une fois l'an autour de toi ! Mon bien-aimé, écoute, je t'en prie... c'est la première et la dernière prière que je t'adresse... par amour pour moi, fais ce que je te demande : à chacun de tes anniversaires — car c'est un jour où l'on pense à soi — procure-toi des roses et mets-les dans le vase. Fais cela, fais cela comme d'autres font dire une messe une fois l'an, pour une chère défunte. Je ne crois plus en Dieu et ne veux pas de messe ; je ne crois qu'en toi, je n'aime que toi et ne veux survivre qu'en toi... Oh ! rien qu'un jour dans l'année et tout à fait, tout à fait silencieusement, comme j'ai vécu à côté de toi... Je t'en prie, fais-le, ô mon bien-aimé... C'est la première prière que je t'adresse, c'est aussi la dernière... Je te remercie... je t'aime... je t'aime... adieu...

Ses mains tremblantes lâchèrent la lettre. Puis il réfléchit longuement. Confusément montait en lui un mince souvenir d'une enfant du voisinage et d'une jeune fille, d'une femme rencontrée dans une boîte de nuit, mais ce souvenir restait vague et indistinct, comme une pierre qui brille et qui tremble au fond de l'eau, sans contours précis. Des ombres s'avançaient et reculaient, sans jamais constituer une image nette. Il remuait de tendres souvenirs, et pourtant il ne se souvenait pas. Il lui semblait avoir rêvé de toutes ces figures, rêvé souvent et profondément, mais seulement rêvé.

Son regard tomba alors sur le vase bleu qui se trouvait devant lui sur son bureau. Il était vide, vide pour la première fois au jour de son anniversaire. Il eut un tressaillement de frayeur. Ce fut pour lui comme si, soudain, une porte invisible s'était ouverte et qu'un courant d'air glacé, sorti de l'autre monde, eût pénétré dans la quiétude de sa chambre. Il sentit que quelqu'un venait de mourir ; il sentit qu'il y avait eu là un immortel amour : au plus profond de son âme, quelque chose s'épanouit, et il eut pour l'amante invisible une pensée aussi immatérielle et aussi passionnée que pour une musique lointaine.

LA RUELLE AU CLAIR
DE LUNE

*Son titre à lui seul désigne ce récit comme un de
ces «nocturnes» où l'on trouve confirmée la
conviction, exprimée dès 1904 par Stefan Zweig,
que «notre vie a des significations plus profondes
que les simples événements extérieurs, qui nous
réunissent puis nous séparent, et qu'une profonde
magie de l'existence gouverne nos destinées, même
lorsque nous croyons en rester les maîtres — une
magie que seuls les sentiments perçoivent, et non
les sens».*

La Ruelle au clair de lune, *dont le titre originel
devait être* Verworrene Erinnerungen (Souvenirs
confus), *a paru en 1922 dans le recueil intitulé*
Amok. Novellen einer Leidenschaft (Amok. Nouvelles d'une passion) (Leipzig, Insel-Verlag). *Elle
figurait en dernière position, après* Der Amokläufer (Amok), Die Frau und die Landschaft (La
Femme et le Paysage), Phantastische Nacht (La
Nuit fantastique) *et* Brief einer Unbekannten
(Lettre d'une inconnue).

*Le regroupement opéré par Zweig se comprend
fort bien, étant donné les affinités qui unissent
cette nouvelle à la nouvelle-titre. Comme pour*
Amok, *le récit principal est inséré dans une sorte
de cadre, fourni ici par les deux promenades*

solitaires que fait le narrateur dans les ruelles du port, et par les sensations et les pensées qu'elles suscitent. Mais l'histoire elle-même est structurée différemment. Elle se divise en deux parties de longueur à peu près égale, qui s'enchaînent autour d'un renversement de situation ou plutôt de perspective (le personnage qui, jusque-là, passait pour la victime s'avère être le persécuteur). Par ce procédé dramatique, elle évoque un peu une intrigue policière ou tout au moins son ambiance, d'autant que le quartier du port où le narrateur s'est aventuré dégage une atmosphère trouble et que celui-ci se sent incité à en percer les mystères.

C'est aussi par le climat dans lequel elles baignent que les deux nouvelles sont apparentées. Climat nocturne et, surtout pour ce qui est d'Amok, maritime. Climat étrange et inquiétant par l'impression d'irréalité et par la sensation d'effroi qu'il fait naître chez le narrateur. Très frappante est, à cet égard, la ressemblance des deux premiers « face à face » (ou plutôt « côte à côte ») entre lui-même et l'homme dont il va recevoir les confidences : ce n'est d'abord qu'une voix dans l'ombre qui le fait sursauter, puis une silhouette fantomatique qu'il devine sans la voir ; enfin, après un silence vite insupportable, un être humain à part entière.

Alors se révèle — et c'est là la ressemblance essentielle entre les deux nouvelles — une problématique commune : comme le médecin d'Amok, le négociant de La Ruelle au clair de lune vit ses rapports avec les femmes comme des rapports de domination. Plus précisément, il a choisi de « tirer de la misère » l'une d'entre elles, puis essayé de la maintenir dans un humiliant état de servitude, afin de compenser son propre sentiment d'infériorité. Le départ de cette femme lui révèle l'amour fou qu'il lui porte. Cette passion le contraint petit à petit à inverser les rôles : c'est désormais lui qui est soumis aux humiliations. Tel un héros de Dostoïevski (écrivain auquel Zweig consacrera un essai en 1927), il se met maintenant lui-même en position d'être insulté, ridiculisé, traité comme un chien, par une femme haineuse. Ainsi, on peut dire que La Ruelle au clair de lune *illustre de façon impressionnante la dimension compulsive — et donc inéluctable — de la «passion» sadomasochiste.*

★

La traduction française, par Alzir Hella et Olivier Bournac, a été publiée en 1930 aux éditions J. Snell (avec La Gouvernante), puis, la même année, chez Stock, mais cette fois au sein d'un recueil plus conforme à l'édition d'origine (cf. aussi la notice d'Amok) (une réimpression a eu lieu en 1979 dans la «Bibliothèque cosmopolite Stock»). Remarquons toutefois qu'en 1930, l'éditeur Stock, s'il tint compte de la critique faite en 1926 par Romain Rolland, adopta une solution intermédiaire, puisqu'il ne publia pas le recueil original dans son intégralité.

Le navire, retardé par la tempête, n'avait pu aborder que très tard le soir, dans le petit port français, et le train de nuit pour l'Allemagne était manqué. Il me fallait donc rester au dépourvu une journée à attendre en un lieu étranger, passer une soirée sans autre attraction que la musique sentimentale et mélancolique d'un café-concert du faubourg, ou encore la conversation monotone avec des compagnons de voyage tout à fait fortuits. L'atmosphère de la petite salle à manger de l'hôtel, grasse d'huile et opaque de fumée, me parut intolérable, et sa crasse grise m'était d'autant plus sensible que mes lèvres gardaient encore la fraîcheur salée du pur souffle marin. Je sortis donc, suivant au hasard la large rue éclairée, jusqu'à une place où jouait une musique municipale, puis plus loin je trouvai le flot nonchalant des promeneurs qui déferlait sans cesse. D'abord, cela me fit du bien d'être ainsi roulé machinalement dans le courant de ces hommes au costume provincial et qui m'étaient indifférents; mais bientôt je fus excédé de voir auprès de moi ce passage continuel d'étrangers, avec leurs éclats de rire sans cause, leurs yeux qui me dévisageaient d'un air étonné, bizarre ou ricaneur; excédé de ces contacts qui, sans qu'il y paraisse, me poussaient toujours plus loin, de ces mille petites lumières et de ce piétinement continuel de la foule. La traversée avait été mouvementée, et dans mon sang bouillonnait encore comme un sentiment d'étourdissement et de douce ivresse : je sentais toujours sous mes pieds le glissement et le balancement du navire ; le sol me semblait remuer comme une poitrine qui respire, et la rue avait l'air de vouloir s'élever jusqu'au ciel. Tout à coup, je fus pris de vertige devant ce bruit et ce tourbillonnement, et pour m'en préserver j'obliquai, sans regarder son nom, dans une rue latérale, puis dans une rue plus petite où mourait peu à peu ce tumulte insensé : ensuite je continuai sans but mon chemin dans le labyrinthe de ces ruelles se ramifiant comme des veines et qui devenaient toujours plus sombres à mesure que je m'éloignais de la place principale. Les grands arcs des lampes électriques, ces lunes des vastes boulevards, ne flambaient plus ici, et au-dessus du maigre éclairage, on commençait enfin à apercevoir de nouveau les étoiles et un ciel noir, nuageux.

Je devais être près du port, dans le quartier des matelots ; je le sentais à cette odeur de poisson pourri, à cette exhalaison douceâtre de varech et de pourriture qu'ont les algues portées sur le rivage par le flux, à cette senteur particulière de parfums corrompus et de chambres sans aération qui règne lourdement dans ces coins, jusqu'à ce que vienne y souffler la grande tempête. Cette obscurité incertaine m'était agréable ainsi que cette solitude inattendue ; je ralentis mon pas, observant maintenant une ruelle après l'autre, chacune différente de sa voisine : ici le calme, ici la galanterie, mais toutes obscures, et avec un bruit assourdi de musique et de voix, qui émanait de l'invisible, du sein de leurs caves, si secrètement qu'on devinait à peine la source souterraine d'où il venait. Car toutes ces maisons étaient fermées, et seule y clignotait une lumière rouge ou jaune.

J'aimais ces ruelles des villes étrangères, ce marché impur de toutes les passions, cet entassement clandestin de toutes les séductions pour les matelots qui, excédés de leurs nuits solitaires sur les mers lointaines et périlleuses, entrent ici pour une nuit, satisfaire dans une heure la sensualité multiple de leurs rêves. Il faut qu'elles se cachent quelque part dans un bas-fond de la grande ville, ces petites ruelles, parce qu'elles disent avec tant d'effronterie et d'insistance ce que les maisons claires aux vitres étincelantes, où habitent les gens du monde, cachent sous mille masques. Ici, la musique retentit et attire dans de petites pièces ; les cinématographes, avec leurs affiches violentes, promettent des splendeurs inouïes ; de petites lanternes carrées se dérobent sous les portes et, comme par signes, avec un salut confidentiel, vous adressent une invite très nette ; par l'entrebâillement d'une porte, brille la chair nue sous des chiffons dorés. Dans les cafés braillent les voix des ivrognes et monte le tapage des querelles entre joueurs. Les matelots ricanent quand ils se rencontrent en ce lieu ; leurs regards mornes s'animent d'une foule de promesses, car ici, tout se trouve : les femmes et le jeu, l'ivresse et le spectacle, l'aventure, grande ou sordide. Mais tout cela est dans l'ombre ; tout cela est renfermé secrètement derrière les volets des fenêtres hypocritement baissés ; tout cela ne se passe qu'à l'intérieur, et cette apparente réserve est doublement excitante par la séduction du mystère et de la facilité d'accès. Ces

rues sont les mêmes à Hambourg qu'à Colombo[1] et
à la Havane ; elles sont les mêmes partout, comme
le sont aussi les grandes avenues du luxe, car les
sommets ou les bas-fonds de la vie ont partout la
même forme ; ces rues inciviles, émouvantes par ce
qu'elles révèlent et attirantes par ce qu'elles
cachent, sont les derniers restes fantastiques d'un
monde aux sens déréglés, où les instincts se
déchaînent encore brutalement et sans frein, une
forêt sombre de passions, un hallier plein de bêtes
sauvages. Le rêve peut s'y donner carrière.

C'est dans une de ces rues-là que je me sentis
tout à coup prisonnier. J'avais suivi au hasard un
groupe de cuirassiers dont les sabres traînants
cliquetaient sur le pavé raboteux. Dans un bar, des
femmes les appelèrent ; elles riaient et leur criaient
de grosses plaisanteries ; l'un d'eux frappa à la
fenêtre, ensuite une voix vomit quelque part des
injures, et ils continuèrent ; les rires devinrent
lointains, et bientôt je ne les entendis plus. La rue
était de nouveau muette ; quelques fenêtres cligno-
taient vaguement dans l'éclat voilé d'une lune
blafarde. Je m'arrêtai et j'aspirai en moi ce silence
qui me paraissait étrange, parce que derrière
bourdonnait comme un mystère de voluptés et de
dangers. Je sentais clairement que cette solitude
était mensongère et que, sous les troubles vapeurs
de cette ruelle, couvait confusément le feu de la
corruption du monde. Mais je restai là, immobile,
tendant l'oreille dans le silence. Je n'avais plus
conscience de cette ville ni de cette ruelle ; ni de son
nom ni du mien ; je sentais seulement que j'étais ici
étranger, merveilleusement perdu dans l'inconnu,
qu'il n'y avait en moi aucune intention, aucune

1. *Colombo* : port sur l'océan Indien, capitale de Ceylan (l'actuel Sri
Lanka) que Zweig avait visité lors de son voyage de 1908-1909.

168

mission ni aucune relation avec cet entourage, et cependant, je sentais toute cette vie obscure autour de moi, avec autant de plénitude que le sang qui coulait sous mon propre épiderme ; j'éprouvais seulement ce sentiment que rien de ce qui se passait là n'était fait pour moi, et que cependant, tout m'appartenait, ce béatifique sentiment de vivre la vie la plus profonde et la plus vraie au milieu de choses étrangères, ce sentiment qui fait partie des sources les plus vivaces de mon être intérieur et qui, dans l'inconnu, me saisit toujours comme une volupté.

Voici que, soudain, tandis que j'étais là aux écoutes, dans la rue déserte, comme dans l'attente d'un événement inéluctable qui me tirât de cet état somnambulique de contemplation dans le vide, j'entendis retentir quelque part, voilé, assourdi par l'éloignement ou par un mur, un chant allemand, cette ronde toute simple du *Freischütz*[1] : « Belle, verte couronne de jeunes filles ». C'était une voix de femme qui le chantait, très mal, il est vrai, mais c'était encore une mélodie allemande, quelques mots d'allemand dans ce coin étranger du monde, et c'est pourquoi je trouvais que ce chant avait un accent singulièrement fraternel. N'importe d'où il venait, c'était pour moi un salut, la première parole qui, depuis des semaines, m'annonçât mon pays. Qui, me demandai-je, parle ici ma langue ? Quelle personne se sent poussée par un souvenir intérieur à faire résonner hors de son cœur, dans cette rue perdue et dépravée, ce pauvre chant ? Je cherchai à découvrir d'où venait la voix, fouillant l'une après l'autre les maisons qui étaient là

---

1. *Le Freischütz* : opéra de Carl-Maria von Weber (1786-1826), créé à Berlin en 1821 ; œuvre déterminante dans l'affirmation de la musique lyrique allemande face au bel canto italien.

plongées dans un demi-sommeil, avec leurs fenêtres aux volets fermés, mais derrière lesquels
perfidement clignotait une lumière et parfois
s'agitait le signe de quelque main. À l'extérieur
étaient placardées des inscriptions criardes, des
affiches tapageuses, et les mots «ale, whisky,
bière» indiquaient ici un bar interlope; mais tout
était fermé, repoussant et invitant à la fois le
passant. Et toujours, tandis qu'au loin résonnaient quelques pas, la voix s'élevait de nouveau,
cette voix qui maintenant lançait plus sonore le
trille du refrain et qui, sans cesse, se rapprochait:
déjà je repérais la maison. J'hésitai un moment,
puis je m'avançai vers la porte, à l'intérieur, que
masquait un rideau blanc. Mais, comme je me
courbais résolument pour y pénétrer, je vis soudain surgir quelque chose de vivant dans l'ombre
du couloir; une silhouette, manifestement, était là
aux aguets, collée contre la vitre, et tressaillit
d'effroi; le visage, que baignait la rougeur de la
lanterne suspendue au-dessus de lui, était néanmoins blême de peur; un homme me dévisagea
fixement avec les yeux grands ouverts; il murmura une sorte d'excuse, et il disparut dans la
pénombre de la rue. Cette façon de saluer était
étrange. Je le suivis des yeux: disparaissant dans
la ruelle, son ombre se distingua encore un peu,
confusément. À l'intérieur résonnait toujours la
même voix, plus limpide même, à ce qu'il me parut.
Cela m'attirait; je poussai le loquet et j'entrai
rapidement.

Le dernier mot du chant tomba dans le silence,
comme coupé par un couteau. Et je sentis, effrayé,
un vide devant moi, le mutisme et l'hostilité,
comme si j'avais brisé quelque chose. Peu à peu,
cependant, mon regard distingua les contours de
la salle qui était presque vide: un comptoir et une

table, le tout n'étant manifestement que l'anti-chambre d'autres pièces situées derrière et qui, avec leurs portes entrebâillées, la lueur voilée de leurs lampes et leurs vastes lits tout prêts révé-laient aussitôt leur véritable destination. Au pre-mier plan, s'appuyant du coude sur la table, une fille, maquillée et fatiguée ; derrière, au comptoir, la patronne, corpulente et d'un gris sale, avec une autre fille, qui n'était pas laide. Mon salut tomba lourdement au milieu, et ce n'est que tardivement qu'un écho ennuyé lui répondit. J'étais mal à l'aise d'être ainsi venu dans cette solitude, dans un silence si tendu et si morne, et volontiers je serais sorti tout de suite ; mais dans mon embarras, je ne trouvai aucun prétexte, et ainsi je pris place avec résignation à la première table. La fille, se rappelant maintenant son devoir, me demanda ce que je désirais boire et, à la dureté de son français, je reconnus aussitôt que c'était une Allemande. Je commandai un verre de bière ; elle alla le chercher et revint avec cette démarche veule qui trahissait l'indifférence, plus encore que la sécheresse de ses yeux paresseusement endormis sous leurs pau-pières, comme des lumières en train de s'éteindre. Tout machinalement, elle plaça, selon l'usage de ces endroits, à côté du mien, un second verre pour elle. Lorsqu'elle but à ma santé, son regard vide passa sur moi ; ainsi je pus la contempler. Son visage était à vrai dire encore beau et de traits réguliers, mais, comme par une lassitude inté-rieure, il était devenu vulgaire et semblable à un masque : aucun ressort, les paupières pesantes et la chevelure relâchée ; les joues, tachées par les fards de mauvaise qualité, flasques, commen-çaient déjà à s'affaisser, et elles tombaient en larges plis jusqu'à la bouche. La robe aussi était mise avec négligence ; la voix était brûlée, rendue rauque par le tabac et la bière. Dans tout cela, je devinais un être fatigué, ne vivant plus que par habitude et mécaniquement. Avec une timidité mêlée d'horreur, je lui lançai une question. Elle répondit sans me regarder, d'un ton indifférent et apathique, sans presque remuer les lèvres. J'avais l'impression de déranger. Derrière, bâillait la patronne ; l'autre fille était assise dans un coin et me regardait comme si elle eût attendu que je l'appelasse. J'aurais voulu partir, mais tout en moi était alourdi ; j'étais là, assis dans cette atmosphère trouble et saturée, chancelant de torpeur comme le sont les matelots, enchaîné à la fois par la curiosité et par le dégoût, car cette indifférence avait un côté excitant.

Brusquement je tressaillis, effrayé par un violent éclat de rire poussé à côté de moi. Et en même temps, la flamme vacilla : au courant d'air qui se produisit, je compris que quelqu'un sans doute venait d'ouvrir la porte derrière mon dos. « C'est encore toi ? railla brutalement, et en allemand, la voix de la femme à côté de moi. Tu rôdes encore autour de la maison, vieux ladre ? Allons, entre donc, je ne te ferai rien. »

Je me tournai d'abord vers celle qui avait vociféré ce salut avec autant de vivacité que si elle eût eu le feu au corps, puis je regardai vers la porte. Et avant même qu'elle fût grand ouverte, je reconnus la silhouette vacillante, le regard plein d'humilité de l'homme qui était auparavant collé à la porte. Il tenait, effarouché, son chapeau à la main, tel un mendiant, et il tremblait sous les vociférations et les rires qui, tout à coup, semblèrent secouer comme une crise le lourd profil de la femme, tandis que derrière, au comptoir, la patronne se mit aussitôt à chuchoter.

« Assieds-toi là, avec la Françoise, ordonna-t-elle

au pauvre diable, lorsque, d'un pas traînant et mal assuré, il se fut rapproché. Tu vois bien que j'ai un monsieur. »

Elle lui cria cela en allemand. La patronne et l'autre fille rirent aux éclats, bien que n'y pouvant rien comprendre, mais elles paraissaient connaître le nouvel arrivant.

« Donne-lui du champagne, Françoise, du plus cher, une bouteille », lança-t-elle en riant. Et puis elle lui dit ironiquement : « Si tu le trouves trop cher, reste dehors, misérable avare. Tu voudrais me reluquer gratis, je le sais ; tu voudrais tout gratis ! »

Sous ce rire cruel, la longue silhouette sembla se ratatiner ; le dos de l'homme s'arrondit en boule, comme s'il eût voulu faire le chien couchant ; sa main trembla lorsqu'il saisit la bouteille et, en se servant, il versa du vin sur la table. Son regard, qui toujours voulait se porter sur le visage de la femme, ne pouvait pas quitter le sol, et il tâtonnait en rond sur le carrelage. C'est alors que, pour la première fois, je vis distinctement sous la lampe ce visage ravagé, émacié et blême, les cheveux moites et rares sur un crâne osseux, les articulations détendues et comme brisées, une misère d'homme, sans aucune force et pourtant non sans un air de méchanceté. Tout en lui était de travers, déjeté et avili, et ses yeux qu'enfin il réussit à lever une fois, mais qui tout de suite se rebaissèrent avec effroi, étaient traversés d'une lueur mauvaise.

« Ne vous inquiétez pas de lui, m'ordonna la fille, en français, et elle me saisit violemment le bras comme si elle voulait me renverser. C'est une vieille histoire entre lui et moi, ce n'est pas d'aujourd'hui ! » Et de nouveau, les dents étincelantes, prêtes à mordre, elle lui cria : « Oui, écoute, vieux finaud. Tu voudrais savoir ce que je dis. J'ai dit que je me jetterais dans la mer plutôt que d'aller avec toi. »

Cette fois-ci encore la patronne et l'autre fille se mirent à rire fortement et bêtement. Il semblait que ce fût pour elles un amusement habituel, une plaisanterie quotidienne. Mais je fus pris de dégoût en voyant comment soudain l'autre fille, avec une tendresse fausse, se pressa vers lui et se mit à lui faire des cajoleries, dont il frissonnait sans avoir le courage de les repousser ; l'horreur me saisit lorsque je vis son regard hésitant rencontrer le mien, son regard fait de crainte, d'embarras et d'humilité. Je frémis de voir la femme qui était à côté de moi, subitement sortie de sa veulerie, jeter des éclairs avec tant de méchanceté que ses mains en tremblaient. Je lançai de l'argent sur la table et je voulus partir, mais elle ne le prit pas.

« S'il te gêne, je le mets dehors, ce chien. Il est là pour obéir ! Allons ! bois encore un verre avec moi. »

Elle s'approcha de moi avec une sorte de tendresse brusque et fanatique qui, je le sus aussitôt, n'était qu'affectation, afin de torturer l'autre. À chacun de ses mouvements, elle regardait sur le côté vers lui, et c'était pour moi une souffrance de voir comment, à chaque geste qu'elle faisait, il se mettait à trembler, comme si on l'avait brûlé au fer rouge. Sans faire attention à elle, je ne regardais que lui, et je frissonnais en sentant maintenant bouillonner chez lui comme une colère furieuse, une envie et un désir passionnés, toutes choses qui disparaissaient aussitôt qu'elle tournait la tête vers lui. À présent elle était tout près de moi, et je touchais son corps qui tremblait de la joie mauvaise de ce jeu ; son visage grossier qui sentait la poudre bon marché, ainsi que l'odeur de sa chair

faisandée me faisaient horreur. Pour l'écarter de
ma figure, je pris un cigare et, pendant que mon
regard parcourait encore la table pour y chercher
une allumette, elle lui ordonna brutalement :
« Apporte du feu ! »

Je fus encore plus ému que lui devant cette
grossière invitation à me servir, et je m'efforçai
aussitôt de trouver du feu moi-même. Mais déjà,
stimulé par ces paroles qui avaient eu sur lui l'effet
d'un coup de fouet, il s'avançait de côté, les jambes
flageolantes, et vite, comme s'il eût couru le risque
de se brûler au contact de la table, il posa son
briquet dessus. Pendant une seconde je croisai son
regard : on y lisait une honte indicible et une rage
écumante. Ce regard asservi toucha en moi
l'homme, le frère. Je sentis l'humiliation par la
femme, et j'eus honte avec lui.

« Je vous remercie beaucoup, dis-je en allemand
— elle tressaillit — Vous n'auriez pas dû vous
déranger. » Alors je lui tendis la main. Il eut une
longue hésitation ; puis j'éprouvai le contact de
doigts moites et osseux, et, tout à coup, convulsivement, une brusque pression de gratitude. Pendant
une seconde, ses yeux brillèrent en me regardant,
ensuite ils redisparurent sous ses paupières flasques. Par défi, je voulus le prier de prendre place
près de nous et, sans doute, le geste d'invitation
était déjà passé dans ma main, car elle s'empressa
de lui ordonner : « Retourne t'asseoir là-bas, et ne
dérange pas. »

Soudain, je fus pris de dégoût devant cette voix
mordante et devant cette cruauté. Qu'avais-je à
faire de cette taverne enfumée, cette répugnante
prostituée, cet imbécile, cette atmosphère de bière,
de tabac et de mauvais parfum ? J'avais besoin
d'air. Je tendis l'argent à la femme, je me levai, et
je me reculai énergiquement lorsqu'elle se rappro-

cha de moi, cajoleuse. J'étais honteux de participer à cet avilissement d'un homme, et je fis comprendre clairement, par la fermeté de mon recul, combien peu de pouvoir elle avait sur mes sens.

Alors, méchamment, son sang bouillonna ; un pli grossier se dessina autour de sa bouche, mais elle se garda de prononcer le mot auquel elle songeait ; avec un air de haine non dissimulé, elle se tourna vers lui qui, s'attendant au pire, s'empressa, comme terrorisé par sa menace, de mettre la main à la poche, et ses doigts tremblants en tirèrent une bourse. Il avait peur de rester maintenant seul avec elle, c'était visible, et dans sa précipitation, il avait du mal à dénouer les cordons de sa bourse qui était tricotée et garnie de perles en verre, comme en portent les paysans et les petites gens. Il était facile de remarquer qu'il n'était pas habitué à dépenser rapidement de l'argent, tout au contraire des matelots qui, en un tour de main, le sortent de leurs poches et le font sonner en le jetant sur la table. Il était manifeste qu'il avait coutume de le compter soigneusement et de soupeser les pièces entre ses doigts. « Comme il tremble pour ses liards adorés ! Ça ne vient pas ? Attends un peu ! » fit-elle ironiquement en se rapprochant d'un pas. Il recula effrayé, et elle, voyant son effroi, dit en haussant les épaules et en le regardant avec un dégoût indescriptible : « Je ne te prendrai rien ; je crache sur ton argent. Je sais bien qu'ils sont comptés, tes bons petits liards, et que pas un de trop ne doit s'égarer dans le monde. Mais avant tout — et soudain elle lui tapota contre la poitrine — les petits papiers que tu as cousus là, pour que personne ne te les vole ! »

Et effectivement, comme un cardiaque qui soudain, dans une crise, met la main à sa poitrine, pâle et hésitant, il porta ses doigts à un certain endroit de son vêtement et involontairement ceux-ci y tâtèrent le nid secret, et puis retombèrent, tranquillisés. « Avare ! » fit-elle en crachant. Mais voici que, brusquement, une rougeur passa sur le visage du pauvre martyrisé, et il jeta violemment la bourse à l'autre fille qui d'abord poussa un cri d'effroi et puis éclata de rire, tandis qu'il passait devant elle en courant pour se diriger vers la porte et sortir de là comme d'un incendie.

Un moment encore, elle resta debout, ses yeux brillant de fureur et de méchanceté. Puis ses paupières retombèrent mollement, et la tension de son corps fit place à l'épuisement. En une minute, elle parut avoir vieilli et être toute fatiguée. Quelque chose d'incertain et de vague amortit l'acuité du regard que maintenant elle me lança. Elle était là, debout, comme une femme ivre qui se réveille, éprouvant obscurément un sentiment de honte. « Il va pleurnicher pour son argent, peut-être courir à la police, se plaindre que nous l'avons volé. Et demain il sera encore là, mais il ne m'aura pas. Tous, mais pas lui ! »

Elle alla au comptoir, y jeta les pièces d'argent et d'un trait, engloutit un verre d'eau-de-vie. Un éclair de méchanceté se ralluma dans ses yeux, mais comme troublé par des larmes de rage et de honte. Mon dégoût pour elle fut plus fort que la pitié :

« Bonsoir, fis-je, et je m'en allai.

— Bonsoir[1] », répondit la patronne. Elle ne tourna pas la tête et eut juste un rire, bruyant et ironique.

La ruelle, lorsque je sortis, était pleine d'ombre et le ciel d'une obscurité compacte et lourde avec, infiniment loin, la lueur de la lune à travers les

---

1. En français dans le texte, la seconde fois seulement.

nuages. Avidement, j'aspirai cet air tiède et pourtant vif; l'horreur que j'avais éprouvée fit place à un grand étonnement en pensant à la variété des destins et — sentiment qui peut me rendre heureux jusqu'aux larmes — je sentis de nouveau que toujours, derrière chaque carreau de vitre, une destinée est aux aguets; que chaque porte s'ouvre sur quelque expérience humaine, que la diversité de ce monde est partout et que de même le coin le plus ignoble peut contenir un pullulement de vie intense, de même sur la pourriture reluit l'éclat des scarabées. Le côté répugnant de cette rencontre s'était déjà dissipé, et la tension que j'avais ressentie, aboutissait maintenant à une douce et heureuse lassitude qui aspirait à métamorphoser cette scène en un rêve idéalisé. Involontairement, mon regard interrogateur se porta autour de moi, pour trouver à travers ce fouillis de ruelles tortueuses, le chemin du retour. Voici alors — il fallait qu'elle se fût approchée de moi bien doucement —, voici qu'une ombre surgit à côté de moi.

« Excusez-moi — je reconnus aussitôt l'humble voix —, mais je crois que vous ne vous repérez pas. Puis-je... vous indiquer votre chemin ? Monsieur habite... ? »

Je dis le nom de mon hôtel.

« Je vous accompagne... si vous le permettez », ajouta-t-il aussitôt humblement. L'horreur me saisit, de nouveau. Ce pas glissant et comme fantômal à mon côté, imperceptible presque et pourtant tout près de moi, l'obscurité de la rue des matelots et le souvenir de ce que je venais de voir firent peu à peu place en moi à un sentiment léthargique et confus, irrésistible et sans aucune netteté. Je sentais, sans la voir, de l'humilité dans les yeux de l'homme, et je remarquais le tremble-ment de ses lèvres ; je savais qu'il voulait s'entrete-nir avec moi, mais je ne faisais rien pour l'y aider ou pour l'en empêcher, tellement se rapprochait de la léthargie l'état dans lequel je me trouvais et où la curiosité du cœur et l'engourdissement corporel alternaient par vagues. Il toussota plusieurs fois. Je m'aperçus de l'effort inutile qu'il faisait pour parler, mais je ne sais quelle cruauté, qui était passée mystérieusement de cette femme en moi-même, se réjouissait de voir lutter ainsi en lui la honte et la détresse morale : au lieu de lui faciliter la chose, je laissais peser entre nous ce silence noir. Nos pas résonnaient ensemble, confondus, le sien glissant doucement et comme celui d'un vieillard, le mien intentionnellement ferme et brusque, pour échapper à ce monde malpropre, tous deux se mêlant dans un écho confus. Je sentais toujours plus fortement la tension qu'il y avait entre nous. Ce silence strident et plein d'un cri intérieur, était comme une corde de violon tendue à se briser ; enfin sa parole, d'abord hésitante de terreur, le déchira.

« Vous avez... vous avez... monsieur... vu là une scène étrange... Excusez-moi... excusez-moi si je vous la rappelle... mais elle a dû vous paraître singulière... et moi très ridicule... Cette femme... c'est, en effet... »

Il s'arrêta de nouveau. Quelque chose lui serrait la gorge à l'étrangler. Puis sa voix se fit toute petite, et il murmura précipitamment : « Cette femme... c'est, en effet, ma femme. » J'avais sans doute tressailli d'étonnement, car il reprit avec volubilité, comme s'il voulait s'excuser : « C'est-à-dire... c'était ma femme... il y a cinq ans, il y a quatre ans... à Geratzheim, là-bas, dans la Hesse, où j'ai ma famille... Je ne veux pas, monsieur, que

vous pensiez du mal d'elle... C'est peut-être ma
faute si elle est comme ça... elle n'a pas toujours
été telle... Je... je l'ai tourmentée... Je l'ai prise,
bien qu'elle fût très pauvre ; elle n'avait pas même
de linge, rien, absolument rien... et moi je suis
riche... c'est-à-dire à mon aise... pas riche... ou, du
moins, je l'étais autrefois... et savez-vous, monsieur... j'étais peut-être — elle a raison — éco-
nome... mais c'est autrefois, monsieur, avant le
malheur, et je m'en maudis... Mais mon père était
ainsi, et ma mère, tous étaient comme ça, et
chaque pfennig m'a coûté un dur effort... Quant à
elle, légère, elle aimait les belles choses, bien que
pauvre, et je le lui ai toujours reproché... Je
n'aurais pas dû le faire, je le sais maintenant,
monsieur, car elle est fière, très fière. Il ne faudrait
pas croire qu'elle est réellement ce pour quoi elle se
donne... C'est un mensonge, et elle se fait à elle-
même du mal... simplement... simplement pour me
faire du mal, pour me torturer... et... parce que...
parce qu'elle a honte... Peut-être qu'elle est devenue mauvaise, mais je... je ne le crois pas... car,
monsieur, elle était très bonne, très bonne... »

Il s'essuya les yeux et s'arrêta sous le coup d'une
émotion trop forte. Involontairement, je le regardai et tout à coup, il ne me parut plus ridicule du
tout, et même je ne m'aperçus plus de l'expression
singulière et servile qu'il employait, de ce « mein
Herr » qui, en Allemagne, est particulier aux
basses classes. Son visage était travaillé par
l'effort intérieur qu'il faisait pour parler, et son
regard, maintenant qu'il avait repris lourdement
sa marche chancelante, était fixé au pavé, comme
s'il y déchiffrait péniblement, à la lumière vacillante, ce qui sortait si douloureusement de sa
gorge convulsivement serrée.

« Oui, monsieur, fit-il alors en respirant profondément et avec une voix sombre, toute différente, qui semblait venir d'une région moins dure de son être, elle était très bonne... même pour moi, elle était très reconnaissante que je l'eusse arrachée à sa misère... et je le savais aussi qu'elle était reconnaissante... mais je... voulais l'entendre me le dire... toujours à nouveau... constamment... Cela me faisait du bien de l'entendre me remercier... monsieur, c'était si bon, si infiniment bon de croire... de croire qu'on est meilleur, quand... alors qu'on sait qu'on est le pire... J'aurais donné tout mon argent pour l'entendre sans cesse... et elle était très fière, et voulait toujours moins me remercier lorsqu'elle remarqua que je l'exigeais, ce remerciement... C'est pour cela... rien que pour cela... monsieur, que je me faisais toujours prier... que je ne lui donnais rien de mon propre gré... Il m'était agréable qu'elle fût obligée, pour chaque vêtement, pour chaque ruban, de venir me trouver et de me le demander comme une mendiante... Pendant trois années, je l'ai torturée de la sorte, toujours davantage... Mais, monsieur, c'était seulement parce que je l'aimais... Son orgueil me faisait plaisir, et pourtant je voulais toujours le briser, moi, insensé! Et quand elle désirait quelque chose, je me fâchais; mais, monsieur, en moi-même, je n'étais pas fâché du tout. J'étais heureux de chaque occasion que j'avais de pouvoir l'humilier, car... car je ne savais pas combien je l'aimais... »

De nouveau, il s'arrêta. Il se remit en marche tout chancelant. Manifestement, il m'avait oublié. Il parlait machinalement, comme dans un songe, d'une voix toujours plus forte.

« Cela... je l'ai su seulement lorsque, alors... en ce jour maudit... je lui avais refusé de l'argent pour sa mère, très peu, tout à fait peu... c'est-à-dire que je l'avais déjà préparé, mais je voulais qu'elle vînt encore une fois... encore une fois me supplier... oui, que disais-je?... Oui, je l'ai su alors, lorsque je rentrai le soir chez moi, et qu'elle était partie, et qu'il y avait un bout de papier sur la table... "Garde ton maudit argent, je ne veux plus rien de toi"... y était-il écrit, pas autre chose... Monsieur, j'ai été comme un fou, pendant trois jours et trois nuits. J'ai fait fouiller la rivière, ainsi que la forêt : j'ai donné des billets de cent à la police... j'ai couru chez tous les voisins, mais ils n'ont fait que rire et se moquer de moi... Rien, on ne trouva rien... Enfin quelqu'un m'apporta une nouvelle du village d'à côté... il l'avait vue... dans le train, avec un soldat... Elle était allée à Berlin... Le même jour, je suis parti à sa recherche... j'ai abandonné mes affaires, j'ai perdu des mille et des cents... on m'a volé, mes domestiques, mon régisseur, tous... Mais, je vous le jure, monsieur, ça m'était indifférent... Je suis resté à Berlin ; il a fallu une semaine pour que je la découvrisse dans ce tourbillon de gens... et je suis allé à elle... » Il respira lourdement.

« Monsieur, je vous le jure... je ne lui ai dit aucune dure parole... j'ai pleuré... Je me suis mis à genoux... je lui ai offert de l'argent... toute ma fortune, c'est elle qui l'administrerait, car alors, je le savais déjà... je ne pouvais pas vivre sans elle. J'aime le moindre de ses cheveux... sa bouche... son corps, tout, tout... et c'est moi, moi qui l'ai jetée dans l'abîme, moi seul... Elle était blême comme la mort, lorsque j'entrai soudain... J'avais soudoyé sa propriétaire, une entremetteuse, une mauvaise, une ignoble femme... Elle était là, blanche comme la chaux sur le mur... elle m'écoutait. Monsieur, je crois qu'elle était... oui... presque joyeuse de me voir... Mais, quand je vins à parler d'argent... et je ne l'ai fait, je vous le jure, que pour lui montrer que je n'y pensais plus... elle s'est mise à cracher, et puis... parce que je ne voulais pas encore m'en aller, elle a appelé son amant, et ils se sont moqués de moi... Mais, monsieur, je suis revenu jour après jour. Les locataires m'ont tout raconté : je sus que, la canaille, il l'avait abandonnée et qu'elle était dans le besoin, et alors j'y revins encore une fois... encore une fois, monsieur ; mais elle me rudoya et déchira un billet de banque que j'avais mis furtivement sur la table, et lorsque j'y retournai, elle était partie... Que n'ai-je pas fait, monsieur, pour la retrouver ! Pendant une année, je vous le jure, je n'ai pas vécu ; je n'ai fait que chercher ; j'ai payé des agences, jusqu'au moment où j'appris qu'elle était là-bas, en Argentine... dans... un mauvais lieu... » Il hésita un instant ; le dernier mot était comme un râle. Et sa voix devint plus sombre.

« Je fus désespéré... d'abord ; mais ensuite je réfléchis que c'était moi, moi seul qui l'avais précipitée là-dedans... et je songeais combien elle devait souffrir, la pauvre... car elle est fière avant tout... J'allai trouver mon avocat, qui écrivit au consul et envoya de l'argent... sans lui dire qui le donnait... il lui écrivit seulement de revenir... On me télégraphia que tout avait réussi... Je connaissais le nom du navire... et à Amsterdam je l'attendis... J'étais venu trois jours trop tôt ; aussi je brûlais d'impatience... enfin il arriva. J'étais plein de joie rien que d'apercevoir à l'horizon la fumée du paquebot, et je crus que je ne pourrais jamais attendre qu'il jetât l'ancre et qu'il s'amarrât... si lentement, si lentement ; et puis, les passagers franchirent la passerelle et enfin, elle enfin... Je ne la reconnus pas tout de suite... elle était autrement... maquillée... et déjà ainsi... ainsi que vous l'avez vue... et lorsqu'elle me vit l'attendant, elle devint pâle... deux matelots durent la soutenir, sinon elle serait tombée de la passerelle... Dès qu'elle fut à terre, je me plaçai à son côté... je ne dis rien... mon gosier était fermé... Elle non plus ne disait rien... et ne me regardait pas... Le commissionnaire portait les bagages devant nous, et nous marchions, nous marchions... Voici que soudain, elle s'arrêta et dit... monsieur, comme elle prononça ces mots!... Cela me fit cruellement mal, si triste était le son de sa voix... "Me veux-tu toujours pour ta femme, même à présent?"... Je la pris par la main... Elle trembla mais ne dit rien. Cependant, je sentis que maintenant tout était réparé... monsieur, comme j'étais heureux! Lorsque je l'eus dans la chambre, je dansai autour d'elle, comme un enfant; je tombai à ses pieds... Je lui dis sans doute des choses folles... car elle souriait sous ses larmes, et elle me caressait... très timidement, comme il est naturel... Mais monsieur... comme cela me faisait du bien... Mon cœur fondait. Je montai et descendis l'escalier en courant, je commandai un dîner dans l'hôtel... notre repas de noce... Je l'aidai à s'habiller... et nous descendîmes, nous mangeâmes et nous bûmes et nous étions joyeux... Oh! elle était si contente, comme un enfant, si chaleureuse et si bonne, et elle parlait de notre maison... et de la façon dont nous allions maintenant remettre tout en ordre... Alors... » Sa voix devint rauque, brusquement, et il fit un geste avec la main, comme s'il eût voulu assommer quelqu'un. « ...Alors... il y avait là un garçon... un mauvais homme, un misérable... qui crut que j'étais ivre, parce que j'étais fou et que je dansais et que je riais à me tordre... tandis qu'en réalité c'était simplement le bonheur... Oh! j'étais si heureux, et voici que...

lorsque je payai, il me rendit vingt francs de moins que mon compte. Je l'apostrophai et je réclamai le reste ; il était embarrassé et posa sur la table la pièce d'or... Alors... elle se mit tout à coup à rire aux éclats... Je la regardai fixement, mais son visage était changé... devenu brusquement ironique, dur, méchant. "Comme tu es toujours parcimonieux... même le jour de notre noce", dit-elle très froidement, sur un ton tranchant, et avec... avec tant de pitié. Je tressaillis et je maudis mon exactitude. Je m'efforçai de rire de nouveau, mais sa gaieté était partie... était morte... Elle demanda une chambre à part... Que ne lui aurais-je pas accordé ? Et je passai la nuit tout seul, à songer à ce que je lui achèterais le lendemain matin... au cadeau que je lui ferais... pour lui montrer que je n'étais pas avare... que je ne le serais plus jamais à son égard. Le lendemain matin, je sortis de très bonne heure, j'achetai un bracelet, et lorsque je pénétrai dans sa chambre... elle était... elle était vide... tout comme la première fois. Et je savais que sur la table il y aurait un bout de papier... Je m'avançai en courant, priant Dieu que ce ne fût pas vrai... mais... mais... il y était pourtant... Et il y avait dessus...» Il hésita. Involontairement je m'étais arrêté et je le regardais. Il baissa la tête. Puis il murmura d'une voix enrouée :

«Il y avait dessus : "Laisse-moi en paix. Tu me répugnes..."»

Nous étions arrivés au port, et soudain éclata dans le silence la grondante respiration de la mer toute proche. Avec des yeux étincelants comme de grands animaux noirs, les navires étaient là, tout près ou plus éloignés, et on entendait quelque part chanter. Rien n'était distinct, et pourtant on pressentait une foule de choses, comme un vaste sommeil et comme le songe alourdi d'une puissante ville.

À côté de moi, je percevais la présence de l'ombre, de cet homme ; elle tremblotait fantastiquement à mes pieds, tantôt se décomposant et tantôt se recroquevillant, à la lumière changeante des troubles lanternes. Je ne pouvais rien dire, aucun mot de consolation, aucune question, mais son silence se collait à moi, pesant et oppressant. Voici que soudain il me saisit le bras avec un tremblement.

« Mais je ne m'en irai pas d'ici sans elle... Après de longs mois, je l'ai retrouvée... Elle me martyrise, mais je ne me lasserai pas... Je vous en conjure, monsieur, parlez-lui... Il faut qu'elle soit à moi, dites-le-lui... Moi, elle ne m'écoute pas... Je ne puis plus vivre ainsi... Je ne puis plus voir les hommes aller à elle... et attendre dehors devant la maison, jusqu'à ce qu'ils ressortent... ivres et rieurs... Toute la rue me connaît déjà... Ils rient quand ils me voient attendre... Cela me rend fou... et pourtant, chaque soir, j'y reviens... Monsieur, je vous en conjure... parlez-lui... Je ne vous connais pas, mais faites-le, pour l'amour de Dieu... parlez-lui... »

Involontairement, je cherchai à dégager mon bras. J'étais horrifié. Mais lui, sentant que je me détournais de son infortune, tomba soudain à genoux au milieu de la rue et embrassa mes pieds :

« Je vous en conjure, monsieur... il faut que vous lui parliez... Il le faut... autrement... autrement il va se passer quelque chose d'épouvantable... J'ai dépensé tout mon argent pour la chercher, et je ne la laisserai pas ici... pas ici vivante... Je me suis acheté un couteau... J'ai un couteau, monsieur...

Je ne veux plus qu'elle reste ici... vivante... Je ne le supporte plus... Parlez-lui, monsieur... »

Il se roulait comme un fou devant moi. À ce moment, deux agents de police venaient vers nous dans la rue. Je le relevai violemment. Un instant, il me regarda comme un dément. Puis il dit, d'une voix tout autre, sèchement :

« Vous tournez dans cette rue. Puis vous êtes à votre hôtel. » Une fois encore il me regarda fixement, avec des yeux dont les pupilles paraissaient noyées dans une blancheur et un vide effrayants. Puis il disparut.

Je m'enveloppai dans mon manteau. Je frissonnais. Je ne ressentais que lassitude, une ivresse confuse, apathique et noire, un sommeil ambulant couleur de pourpre. Je voulais penser un peu, réfléchir à tout cela, mais toujours ce flot noir de lassitude s'élevait en moi et m'emportait. J'entrai à l'hôtel en tâtonnant, je me laissai tomber dans mon lit, et je m'endormis lourdement, comme une bête.

Le lendemain matin, je ne savais plus ce qu'il y avait là-dedans de rêve ou de réalité, et quelque chose en moi m'interdisait de me le demander. Je m'étais éveillé tard, étranger dans une ville étrangère, et j'allai visiter une église, dans laquelle il y avait des mosaïques antiques d'une grande célébrité. Mais mes yeux restaient égarés dans le vide ; la rencontre de la nuit passée revenait à mon esprit de plus en plus nettement, et cela m'entraîna irrésistiblement à chercher la rue et la maison. Mais ces étranges rues ne vivent que la nuit ; le jour, elles portent des masques gris et froids, sous lesquels l'initié seul peut les reconnaître. J'eus beau la chercher, je ne la trouvai pas. Fatigué et déçu, je rentrai à l'hôtel, poursuivi par les figures qu'agitait en moi l'illusion ou le souvenir.

Mon train partait à 9 heures du soir. Je quittai la ville à regret. Un commissionnaire vint prendre mes bagages et, lui devant moi, nous nous dirigeâmes vers la gare. Soudain, à un croisement de rues, j'eus comme un choc : je reconnus la rue latérale qui menait à cette maison ; je dis au porteur de m'attendre et — tandis que d'abord étonné, il se mettait ensuite à rire d'un air impertinent et familier — j'allai jeter un dernier regard dans cette ruelle de l'aventure.

Elle était là, dans l'obscurité, sombre comme la veille, et dans l'éclat mat de la lune, je vis briller les carreaux de la porte de cette maison. Je voulus m'approcher une dernière fois, quand une figure humaine glissa hors de l'ombre. Je reconnus en frissonnant l'homme qui était là blotti sur le seuil et qui me faisait signe d'avancer. Mais un frémissement me saisit, et je m'enfuis au plus vite, lâchement, de crainte d'être mêlé à quelque affaire et de rater mon train.

Pourtant, parvenu au coin de la rue, avant de tourner, je regardai encore une fois derrière moi. Lorsque mon regard rencontra l'homme, celui-ci eut un haut-le-corps ; je le vis se ramasser précipitamment, bondir contre la porte et l'ouvrir brusquement. À cet instant, un éclat de métal brilla dans sa main : je ne pus distinguer de loin si c'était de l'argent ou bien le couteau qui, au clair de lune, luisait perfidement entre ses doigts...

TABLE

Composition réalisée par COMPOFAC - PARIS

IMPRIMÉ EN FRANCE PAR BRODARD ET TAUPIN
Usine de La Flèche (Sarthe).
LIBRAIRIE GÉNÉRALE FRANÇAISE - 43, quai de Grenelle - 75015 Paris.

ISBN : 2 - 253 - 05754 - 1   ◈ 30/6996/0